# 我们之间的
# 距离

［法］马克·李维（MARC LEVY）————著　　陈潇————译

## UNE FILLE
## COMME ELLE

——

### MARC LEVY

CTS 湖南文艺出版社　博集天卷　Laffont/Susanna Lea Associates
HUNAN LITERATURE AND ART PUBLISHING HOUSE　CS-BOOKY

献给你——长久以来陪在我身边的同伴。

献给我的孩子们，他们每一刻都让我惊喜不已。

# 目录
## Contents

*Une fille comme elle*

一段爱情故事的开始总是非常纠结。恋人们处于恐慌中，犹豫着要不要告诉对方自己的思念之情。什么都想给对方，但是又不愿前进一步。恋人们对幸福精打细算，想存起来，慢慢享用。刚刚诞生的爱情既疯狂又脆弱。

有一天你问我，我们之间的距离是一个海洋那么宽，还是八层楼那么高。其实我们之间的距离比你想象的还要远，正好是四十厘米。

楔子

# 我的流水账日记

我的表停下来的那一天

起初有一种气味，就像放烟花时散发出来的味道，当最后一束光熄灭时，夜幕再次降临。

我的眼睛半睁半闭，隐约看见了父亲的眼睛，它们饱含着泪水与愤怒。我的父母居然肩并肩站在一起，这幅画面实在让人难以置信，起到了吗啡的作用。

护士来量血压。我在晚上半梦半醒时见过她的脸。人们称赞过我的微笑，说微笑给我增添了一丝魅力。玛吉的微笑则有着强大的治愈力。在医院外面遇见她的人，只会把她看成是一位体态丰腴的女性。而真正了解她的人知道这具躯体的内部隐藏着一颗善良的心，再也不会说出"瘦即是美"这样的话。

朱利叶斯靠在门上，眼神凝重，这让我心生害怕。他似乎也意识到了自己严肃的神色，让自己放松下来。我想开个玩笑，让大家轻松一点。例如，开口问他们我是否赢得了比赛。我确定，爸爸会非常生气，当然也不一定。但我的嘴巴发不出任何声音。一下子，我真正感觉到了害怕。玛吉安慰我，说我的喉咙里插了管，不应该开口讲话，或者是咽口水。等我恢复了意识，就可以把管子取出来。于是，我再也不想逗父亲发笑。

克洛艾

# 第一部分

## 初来乍到

总是会有一段乐曲来标志一段相遇。

# 1

傍晚时分，正值高峰期，迪帕克已经开了三个来回的电梯。先把威廉斯先生送上八楼，再把他接下来，他是福克斯新闻频道的专栏作家。另一趟是把戈鲁拉先生接下来，他是会计，在二楼有个办公室。第三趟是上到七楼，克莱尔是一对法国夫妻，养了一条金色寻回犬。女管家给了迪帕克一张十美元的纸币，迪帕克把狗交给了在大堂里等待的遛狗人。

迪帕克看了一下表，科林斯夫人马上会给他打电话。这位寡妇每次要锁三道锁，生怕不速之客的来访。第五大道十二号楼内形形色色的住客是他日常生活的一部分，而且是不可分割的一部分。

在帮科林斯夫人把钥匙从门锁里拿出来之后，他把她送到了一楼，然后回到二楼接上了等待已久的克洛艾小姐。她微笑着跟他打招呼，她天生就是一副热情洋溢的面孔。走进电梯，她询问他今天过得如何，他是这样回答的：

"有高有低，小姐。"

将电梯厢停到跟平台一般高，这是一门艺术。迪帕克闭着眼睛都可以做到。他护送克洛艾小姐一路上去，从她二楼的办公室到九楼的公寓，格外小心。

"小姐今晚要出门吗？"迪帕克问道。

这个问题并没有涉及隐私。他只是想事先提醒夜班的同事，以防克洛艾小姐晚上需要用电梯。

"我今晚只想洗个热水澡，然后躺在床上。我的父亲在吗？"

"您回到家就会知道的。"他说道。

迪帕克有两大宗教信仰：印度教和保密教。他在第五大道的这栋楼做了三十九年的电梯员，从未泄露过任何住户的行踪，也没有跟住户的亲人碎碎念过。

◆◆◆

第五大道十二号楼，一栋九层楼的石头建筑，每层楼都有一间公寓，除了二楼有两间办公室以外。平均每天每层楼五个来回，迪帕克每年要走上五百九十四千米。从他从事这份职业开始，他总共走了两万两千五百七十二千米。他在制服的小口袋里放了一个笔记本，上面记载了他上下电梯的次数，就像是飞行员记录飞行里程一样。

再过一年五个月三周，他所记录的里程就可以达到两万三千四百四十八千米，是印度楠达德维峰高度的三千倍。这是他一生的梦想。每个人都知道楠达德维峰的名字有"快乐女神"之意，它是印度境内第二高的山峰。

迪帕克用手操控的电梯是一台古董。整个纽约市仅存五十三台这样的电梯。对这栋楼房的住户们来说，这台电梯本身就是一件艺术品。

迪帕克是正在消亡的手艺人，他不知道这是件令人悲伤还是值得骄傲的事情。

每天早上六点十五分，迪帕克从员工门走进第五大道十二号楼，他来到地下室，然后朝仓库的储藏室走去。他把肥大的裤子和过时的羊毛背心挂起来，穿上白色衬衣、法兰绒裤子和制服，胸口用金线绣着他的工作地点。他把头发梳到脑后，戴上一顶帽子，再在储藏室门口挂着的小镜子前整理一下帽子，然后上去接替值夜班的里韦拉先生。

接下来的半个小时内，他细心清理电梯厢，首先用抹布擦干净木地板，然后给木地板打蜡，接下来换一块抹布擦拭铜质的手柄。对他来说，登上电梯就像是进入了东方快车的车厢，可以抬起头欣赏天花板上文艺复兴时期的壁画。

一台现代化的电梯对住户来说当然更划算。但一声温情的问候，或者是一位耐心的听众又如何估价？他花心思处理邻里矛盾，早上给你送去暖心的问候，随时随地提供咨询，在你生日那天送上祝福，在你出门度假时看守你的公寓,当你深夜独自一人回家时,保证你的安全,这份耐心是无价之宝。电梯服务员不是一份普通的职业,而是一份圣职。

三十九年过去了,迪帕克每天都是这样度过的。早上和傍晚的高峰期,他在大堂柜台的后方驻扎。有访客到访时,他关上大门,送访客去坐电梯。他还负责收包裹,一天擦拭两次入口的大玻璃和铁门的玻璃窗。晚上六点十五分,当里韦拉先生来接班时,迪帕克把他的王国托付给他。他来到地下室,把白色衬衣、法兰绒裤子和制服挂起来,把帽子放在架子上,整理一番衣着,把头发梳到脑后,照一下镜子,拖着疲惫的身躯来到地铁站。

华盛顿广场站人不多,迪帕克总能找到座位,当从三十四号大街上来的乘客挤满了车厢时,他会站起来把座位让给第一个上来的乘客。当大部分乘客在四十二号大街下车后,他又可以坐下来,打开报纸看今天的新闻,一直坐到一百一十六号大街。然后剩下的七百米他走路回家。他早晚都是这样的行程,无论是夏日炎炎,还是秋风习习,或者是冬日暴雪。

晚上七点半,他跟夫人共进晚餐。拉莉和迪帕克三十九年以来只有一次没有遵守这个约定。那年拉莉二十六岁,焦躁不安的迪帕克在救护车里牵着她的手,拉莉的宫缩越来越频繁。这一天本应该是他们生命中最美好的一天,最后却成了他们永远闭口不谈的悲剧。

　　每隔一周的周四，拉莉和迪帕克会去西班牙哈勒姆区<sup>①</sup>的一家小餐厅共享恋人晚餐。

　　迪帕克非常爱他的夫人，也非常爱他有规律的生活方式。但今晚，从他坐在这张桌子旁开始，他的人生就发生了巨变。

---

① 译注：西班牙哈勒姆区又称为东哈勒姆区，是纽约曼哈顿区的一部分。该地区为纽约最大的拉丁族裔社区之一，居民主要为波多黎各裔，也包括其他拉丁族裔和黑人。

## 2

印度航空的飞机降落在肯尼迪机场的停机坪。桑吉拿起行李箱冲上走道，想第一个走出机舱。他气喘吁吁地来到移民局大厅。一位和蔼可亲的官员询问他来纽约的动机。桑吉回答说自己是来游学的，然后递给他一封姑母的邀请函来证明自己的经济能力。官员没有读那封信，但抬头好好审视了桑吉一番。只要受到一丝怀疑，国外游客就会被带到审问大厅，然后被遣返回国。最终，官员给他的护照盖了章，潦草地写下了登陆美国领土有效期限的最后日期，就让他过关了。

桑吉在行李领取处拿到了自己的行李，清关之后，朝约定的地点走去，豪华轿车的司机们在那里等人。他在其中一人拿着的纸板上找到了自己的名字。司机帮他拉行李，然后护送他来到车旁。

黑色的皇冠车在四百九十五号公路上行驶，夜幕刚刚降临，他们在车水马龙的世界里穿行。车座太柔软，经历了长途旅行的桑吉困意浓浓。司机为了阻止他入睡而跟他聊天，远处曼哈顿高耸入云的大楼依稀可见。

"您是出差还是度假？"他问道。

"两者皆是，并不矛盾。"桑吉回答。

"您走隧道还是桥？"

司机提醒说曼哈顿是一座小岛，因而要选择如何上岛，他保证说从皇后区大桥绕弯比较方便。

"您是从印度来的？"

"是的，孟买。"

"也许您最后跟我一样只能做司机，这里大部分印度人都是干这活儿的。精打细算的人坐黄色出租车或者'优步'，小部分人选择我这种豪华轿车。"

桑吉看着副驾驶储物箱上方的金属名牌。司机照片旁边写着他的名字：马里于斯·佐博尼奥。还有驾照号码：8451。

"纽约没有波兰医生、教师或者工程师吗？"

马里于斯抓了抓下巴。

"至少我不认识。不过我夫人的理疗师是斯洛伐克人。"

"这个消息让我充满了信心。我最怕开车了。"

司机就此结束了话题。桑吉从口袋里拿出手机，查看信息。他在纽约的行程很充实。他最好先处理家庭琐事。依照传统，他得先去感谢这位姑母。尽管他们从未谋面，她却如此好心，给他一封邀请函。

"我们离哈勒姆区远吗？"他询问司机。

"哈勒姆区太大了。您是说东区还是西区？"

桑吉把信展开，确认了信封上的地址。

"东区二百二十五号，一百一十八号大街。"

"一刻钟。"司机回答。

"太好了，赶紧去吧，我一会儿还要去广场酒店。"

汽车先是沿着东河走，然后沿哈勒姆河的快线一路向东，最后停在一座七十年代风格的红色砖墙大楼前。

"您确定是这里吗？"马里于斯询问。

"是的，怎么了？"

"因为西班牙哈勒姆区住的多是波多黎各裔。"

"我姑母也许是来自波多黎各的印度人。"桑吉以嘲讽的口吻回答。

"我在这里等您？"

"麻烦了，我很快就回来。"

出于谨慎，他从后备厢拿出了行李，然后朝大楼走去。

◆◆◆

拉莉把锅放在桌子上，拿起了锅盖，雾气在整个饭厅里扩散开来。迪帕克回到家，很吃惊地看到她穿着莎丽，她以前从不穿的，而且她准备了他最爱的菜，这让他更加吃惊了。这道菜只会在节日的晚上做。也许他的夫人终于醒悟了。为什么只在偶尔的场合吃呢？等菜一上桌，迪帕克就开始评论今天的时事，他喜欢给地铁上看到的新闻做个小结。拉莉听得不是很专心。

"我也许忘了告诉你，我接到了来自孟买的电话。"她上菜的时候说了一句。

"孟买？"迪帕克重复道。

"是的，我们的侄子。"

"哪一个？我们起码有二十个侄子和侄女，但我们都不认识。"

"我哥哥的儿子。"

"哦。"迪帕克打了个哈欠，感受到了睡意，"他还好吗？"

"我哥哥二十年前就死了。"

"不是他，我是说你侄子。"

"你一会儿就知道了。"

迪帕克放下了叉子。

"你说的'一会儿'是什么意思？"

"这场谈话真是太糟糕了。我认为他想来纽约待一段时间，他需要家庭的帮助。"

"跟我们有什么关系？"

"迪帕克，自从我们离开孟买，你一遍又一遍跟我讲述印度的伟大，有时候我感觉它仿佛在时空中凝固了，就像一幅石壁上的画。现在印度来找你了，你就不能不抱怨吗？"

"不是印度来找我啊,是你的侄子。你了解他吗?他好相处吗?如果他需要住在这里,那就说明他没有钱。"

"我们刚来时也是这样。"

"但我们决定去工作,而不是寄人篱下。"

"就几周,又不是世界末日。"

"就我这把骨头,也许就只剩下几周了!"

"你夸张起来挺搞笑的。无论如何,你白天也不在家。我挺乐意带他去城里参观的,你不会剥夺我的乐趣吧?"

"他睡哪儿?"

拉莉朝走廊尽头使了个眼色。

"不可以。"迪帕克咆哮着。

他放下餐巾,穿过客厅,打开了蓝色卧室的门。三十年前这里被涂成了蓝色。亲手拆掉自己做的摇篮是他这一生最痛苦的经历。从那以后,那个房间他一年只进去一次,他坐在窗边的椅子上,然后安静祈祷片刻。

迪帕克看到他夫人把房间改造之后的模样,顿时觉得呼吸紧张。

拉莉来到了他的身后,让他转过身。

"有年轻人来访并不是坏事。"

"他什么时候来啊?"迪帕克问道。正在这时,有人按响了对讲机。

◆◆◆

拉莉在楼梯平台上等她的客人,她把莎丽整理一下,然后用手摸了摸用浅色牛角梳盘起来的头发。

桑吉推开了电梯门，他穿着牛仔裤、白色衬衣、贴身的外套和时髦的运动鞋。

"我想象中的你不是这样的，"她略微尴尬，"这里就是你家。"

"我可不信。"迪帕克在她身后嘀咕着，"我给客人上一杯茶，你去换衣服吧。"

"不要管这个脾气暴躁的老家伙。"拉莉插嘴说，"迪帕克嘲笑我的穿着，我不知道来敲门的人是什么样。我们家以前很保守。"

"印度变了不少。你们是在等我吗？"

"我当然在等你。你很像他。"拉莉看着他，叹了口气，"我仿佛看到了我的哥哥，尽管我跟他四十年没见了。"

"别说这些陈年往事了。他肯定累坏了。"迪帕克打断了她的话，陪同客人来到餐厅。

拉莉把莎丽脱下，换上了裤子和罩衣，她看到两个男人坐下来交谈。拉莉给他们递上饼干，询问她的侄子旅途是否顺利，告诉他接下来她想带他去参观的地方。拉莉试图替她丈夫开口，因为后者实在是冷漠。桑吉寻思着怎样才能不失礼貌地脱身，他见到迪帕克打了个哈欠，趁机开口说是时候休息了。

"你的房间准备好了。"拉莉说。

"我的房间？"桑吉不明白。

她拉着桑吉的胳膊，把他带到蓝色的房间里。桑吉一脸谨慎地看着房间。

拉莉在丝绒沙发床上铺了一张橙色的床单，摆放了两个花枕头。她把入口处的小矮桌改造成一张小书桌，在上面放了一个陶土盆，里面插满了纸做的花。

"我希望你喜欢这个装饰风格，我很高兴在我们家接待你。"

她拉上了窗帘，祝他晚安。

桑吉看了一下表，已经是晚上七点十五分了。不去住面向中央公园的广场酒店的套房，而是留在西班牙哈勒姆区六平方米的卧室里，这个想法让他害怕，他在想如何摆脱这一困境，但不让姑母觉得被冒犯。他实在无法拒绝姑母的好意，只能打电话给司机，他把嗓子压得很低，告诉司机他可以先走了。屁股下的沙发床发出咯吱咯吱的声音，他开始幻想本应该属于他的大床房。

◆◆◆

第五大道十二号楼，克洛艾打开了她二百五十平方米公寓的大门。她把钥匙放在入口的独脚小圆桌上，然后朝走廊深处行去。墙上挂着她的照片，这段走廊就是她人生的缩影。她喜欢其中的某些照片，比如她父亲三十岁时的那张——浓密的头发和印第安纳·琼斯般的嘴巴，让她中学的女伴为之疯狂；她也讨厌某些照片，比如旧金山长跑后的颁奖仪式，她整理行李的前一晚她妈妈拉长了脸。站在狗狗的照片前，她不免伤感，它曾经是家庭的一分子。后来她的父母分开了，她母亲重建了一个家庭。

书房里透着光，她轻轻地走了进去。父亲的头发还是那么浓密，但是颜色已经花白。布龙斯坦教授靠在书桌前，做着笔记。

"你今天过得好吗？"她问道。

"给一群学生讲凯恩斯主义比想象中更有趣。你的试镜搞定了吗？"他没有抬头。

"如果几天后他们叫我第二次去试镜，那就有戏。除非他们又给我寄那种为什么没有录取我的信。"

"你不跟叔本华一起吃晚饭？"

克洛艾看了她父亲一眼，然后退到门口。

"你不想跟你女儿一起去餐厅吃饭吗？我半个小时之后就可以了。"在离开前她补充道。

"二十分钟！"他大喊。

"光是把浴缸加满水就需要二十分钟。哪天你让水管工把浴缸水管修好了，我就按你说的来！"

布龙斯坦教授打开抽屉，在一堆纸里找报价单，看着总金额叹了口气。他把单子放回原处，继续校对，直到克洛艾来敲门——那是很久以后了。

"我给里韦拉先生打了电话。你快点。"

布龙斯坦教授穿上了外套，跟他女儿一起来到了楼梯平台。电梯门已经打开了，克洛艾第一个进去，她父亲紧随其后。

"迪帕克跟我说你们今晚不出门。"夜班电梯员表示歉意。

"计划有变。"克洛艾很开心。

里韦拉启动了手柄，电梯往下降。

到了一楼，他打开闸门，让克洛艾他们出去。

天空已经变成了蓝黑色，温度适宜。

"我们去对面的克劳德特餐厅吃吧。"布龙斯坦教授建议说。

"我们不能一直滥用他们家的好意，迟早有一天我们得把欠账还清。"

"我们不会无限期地拖欠，但还需要一段时间。对了，你会很高兴的，我今天付了杂货店的钱。"

"那就去米米餐厅吧，我请你。"

"你去找你母亲要钱了吗？"布龙斯坦教授焦虑地问道。

"不完全是，我去看了她，聊了一会儿，但她忙着整理行李。她的情夫要带她去墨西哥，其实是她带他去。为了寻求谅解，她从口袋里拿出几张纸币，强烈建议我去买几件衣服。"

"这才是你该做的事。"

"不管我穿什么，她都不喜欢。我们俩去吃法国菜吧。"她边走边说道。

"别走那么快！"布龙斯坦教授抗议道，"别那样称呼罗德里戈，他们在一起生活十五年了。"

"他比她年轻二十岁，她包养了他。"

他们沿着华盛顿广场公园走到了沙利文大街。布龙斯坦教授走进了米米餐厅，女主人前来迎接他们，大声宣告他们的桌子已经准备好了。然而吧台还有十几个人在等位——熟客还是有优待的。教授坐在长椅上，对面的服务员把椅子拖出来让克洛艾就座，她朝一对情侣望过去，他们一直盯着她看。

"这款是卡门S115，限量版。我强烈推荐，坐起来非常舒服，容易折叠。"在就座之前她补充说。

"我要点巴黎汤团，你呢？"他的神情有点紧张。

她要了一碗洋葱汤，两杯波尔多红酒。

"今晚你们俩谁放的鸽子？"布龙斯坦教授问道。

"你在说什么？"

"今天早上你跟我说你晚点回来，我听见你在衣橱里翻了好半天。"

"女孩子的聚会而已，但试镜之后我有点累，所以……"

"克洛艾，拜托！"

"朱利叶斯很忙，我只是抢先一步放他鸽子。"

"既然是哲学老师，而且姓叔本华，我觉得他为人应该更严谨些才是！"她父亲调侃道。

"求你换个话题，好不好，爸爸？"

"你的那个女病人怎么样了？如果我没记错的话，她的男人对她很糟糕。你之前跟我解释过那个男人的行为既是她的不幸，又是她的幸福。"

"我不是这样说的，反正不是这么回事。她患有斯德哥尔摩综合征，她觉得自己是这份爱情的负债者。"

"你没建议她离开他，去找个更好的？"

"我的角色仅限于倾听，帮助病人意识到自己所处的情况。"

"你至少找到了解决她的问题的方法？"

"是的，我在努力，我教会她更加独立，她已经有进步了。如果你想说什么，就直说好了。"

"那你自己就应该更加独立一点啊。"

"这就是你换的话题？你作为父亲，嫉妒你女儿的男友。"

"也许你是对的，如果我能在你母亲离开我之前问过你的意思……可你当年只有十三岁。"教授叹了一口气，"你为什么这么执着于试镜？其实你现在的工作做得很出色啊！"

"因为我最开始的职业就是在舞台上，而且我现在只有三个病人，我们的存款账户也是空的。"

"不应该由你来承担我们俩的开支。如果一切顺利，我会马上签下一系列讲座，这样我们就又有钱了。"

"但那样的话，你会忙死，现在我该独立了。"

"我们应该搬家。这个公寓超出了我们的消费水平，我们已经入不敷出了。"

"我在这个公寓里经历了两次新生，一次是我们离开康涅狄格州，一次是我出事之后，我想在这里看着你变老。"

"我担心我已经老了。"

"你才五十七岁，盯着我们的人以为我们是情侣。"

"哪些人？"

"我背后那桌。"

"你怎么知道他们在盯着我们？"

"我能感觉到。"


克洛艾跟她父亲之间的晚餐总是以一个小游戏结束。他们安静地看着对方，然后猜测对方在想什么，用简单的手势或者头的摆动来提示对方。他们的小把戏很难被邻桌察觉。克洛艾并不知道人们盯着看的是她，而不是她的轮椅。

# 3

清晨的第一束光透过纱质的绣花窗帘，桑吉睁开眼睛，还没反应过来自己在哪儿，他看了看被刷成粉色和蓝色的房间，用枕头蒙住头继续睡。几个小时后，他抓起床头柜上的手机，从床上跳了起来，迅速穿好衣服，顶着乱糟糟的头发走出了房间。

拉莉在餐桌前等他。

"你是想参观大都会博物馆还是古根海姆博物馆？或者说你想去唐人街、小意大利或者 SOHO 区逛逛？你想去哪儿都可以。"

"浴室在哪儿？"他问道。

拉莉没有掩饰她的失望之情。

"吃早餐吧。"她命令道。

拉莉把椅子推过来，桑吉坐了上去。

"好吧，但我得快点吃，我迟到了。"桑吉退了一步。

"你是做什么工作的？如果不是保密性质的话。"她给他的谷物碗里倒了点牛奶。

"我从事高新技术产业。"

"高新技术是什么意思？"

"我们创造新科技，方便人们的生活。"

"你可以做一个正常点的侄子吗？陪我一起去散步，谈谈我的祖国，或者告诉我离开已久的家现在是什么样子。"

桑吉站起来，亲吻了姑母的额头。

"我答应你。"他为自己鲁莽的行为表示歉意，"我一有空就陪你，但现在我必须去工作了。"

"那你去吧，我已经习惯你在这里了。你在纽约期间，别想到别处住。我会非常生气的。你可不能惹怒你的家庭成员，不是吗？"

桑吉离开了公寓。他只能暂时把行李放在那里。

西班牙哈勒姆区的春天很美。五颜六色的橱窗，拥挤的人行道，堵塞的街道回荡着喇叭声，就差人力车的加入了。坐了二十小时的飞机，居然来到了孟买的波多黎各街区。就在挤上地铁的前一刻，他打电话给广场酒店取消了预订。

自从他的姑母离开印度之后，印度变得更加现代化。但有些传统还是保留了下来，比如尊敬长辈。

◆◆◆

桑吉从四号大街的地铁站出来，他迟到了。沿着华盛顿广场公园的栅栏走着，他听到了一段旋律。他没有绕着公园走，而是从中间穿了过去，就像是跟着笛声走的小孩儿。在一条小径中央，有个人正在吹小号。他吹出来的音符在美国椴树、挪威枫树、中国榆树和北方木豆树的枝干间徘徊上升。大约有二十个散步者围在音乐家周围。桑吉也着了迷，走过去，坐在一张长椅上。

"这是我们的曲目，可不能忘记。"一个年轻女子坐在他身边低声说道。

他吃惊地抬起头。

"总是会有一段乐曲来标志一段相遇。"她微笑着说道。

她看起来神采奕奕。

"我开玩笑的，你看起来很投入，你被打动了。"

"我父亲吹过单簧管。他最爱的曲目是《小花》，这首曲子贯穿了我的整个童年……"

"想家了吗？"

"还好，我来了没多久。"

"你来自很远的地方吗？"

"西班牙哈勒姆区，离这里半个小时。"

"我猜中了。"她一脸开心的表情。

"我是从孟买来的，你呢？"

"这条街角。"

"你经常来这个公园吗？"

"几乎每天早上。"

"那么我应该还有机会见到你，我得走了。"

"你有名字吗？"她问道。

"是的。"

"幸会，'是的'先生。我叫克洛艾。"

桑吉笑着挥挥手，然后离开了。

◆◆◆

山姆的办公大楼在麦克杜格尔大街和西四街的交叉处，靠近公园的南边。桑吉在前台做了自我介绍，一位女接待员让他稍等。

"你完全没变。"桑吉在看到他的朋友时如此感慨。

"你也没变，总是这么准时。广场酒店没有叫醒服务吗？"

"我换了个酒店。"桑吉不好意思地回答，"我们开始工作吧？"

山姆和桑吉是十五年前在牛津大学认识的。桑吉学计算机，山姆学经济。如今，英国对山姆和桑吉来说都很陌生。

桑吉回到印度之后，创办了自己的公司，发展势头很好。山姆在纽约的一家期货公司负责客户管理。

两个异乡人通过邮件保持联系。当桑吉准备来美国筹措资金，给他的公司增添新的动力时，他自然就想到了山姆。桑吉不喜欢谈钱，这一点对公司的领导者来说是让人为难的。

整个早上他们就把精力花在将要呈现给投资者的文件资料上。计划书的数字看起来很诱人，但是山姆在听过桑吉的草稿后，决定让他停下来。

"你说得太宽泛，而且离题了。我们的委托人希望寻找一个长期的合伙人，而不仅仅是一个应用程序设计者，虽然这个应用程序看起来非常棒，但让他们充满幻想的是印度这个国家。"

"你想让我戴个头巾，然后说话时带上尾音'r'，这样显得更加有异国情调？"

"那样的装扮的确比你身上的牛仔裤加皱皱的衬衣时髦。美国不缺少软件设计师，投资者感兴趣的是你在孟买社交网络上的成千上万个用户。"

"你来做展示吧，你看起来比我清楚什么该说什么不该说。"

山姆打量着他的朋友。桑吉来自一个富裕的家庭。而山姆的家人只是威斯康星州的普通商人，他们花了十年才还清他的助学贷款。

如果这一单做成了，那么他就可以向他的上级展示他的才能，进而接手更大的项目，也许他还有机会成为合伙人，由此改变他的一生。

山姆是实用主义者，他并不嫉妒桑吉，相反，他很欣赏他。不过他同时也盘算着利用桑吉家族的名誉去讨好他的客户，桑吉无法预知他的这些心思。

"为何不可？"他回答，"在大学时，我的口语就比你好。"

"如果课程是用印地语上课，那么结果可能就不同了。"

"这点有待验证。我们交换角色，下次你来的时候，我给你做一次宣讲，你再看看我是否比你更有说服力！"

"那我下次什么时候再来欣赏你的表演呢？"

"一小时后，我就需要这么点时间。"山姆回答。

桑吉走出大楼，来到公园栅栏前，小号手已经离开，带走了《小花》的旋律。他打电话给他的姑母，邀她共进午餐。

◆◆◆

拉莉半个小时后来到了华盛顿广场公园的喷泉前面。

"我想吃大餐，你选一个街区最好的餐厅，今天我请你。"桑吉上前迎接他的姑母。

"没必要浪费钱，我带了一篮子好吃的。"

她把桌布铺在草坪上，拿出纸盘子和塑料餐具，桑吉不禁怀疑为何命运如此捉弄他。

"我们在这个公园见面真是太好笑了。"

"为什么？我合伙人的办公室在这附近。"

"我的合伙人也在这附近工作。"

"你们小时候，我父亲是什么样子？"

"他很保守，总是在观察其他人。就像你一样。别试图否定，昨晚你一直在观察迪帕克。但也许你没发现什么重要的事情，因为在那愁眉苦脸后面藏着很多惊喜。他从未停止让我惊喜。"

"他是做什么的？"

"你还真是打破砂锅问到底啊，但你什么都不对我说！他是驾驶员。"

"出租车？"

"电梯。"拉莉故意开玩笑，"他一辈子都在电梯厢里，那台电梯比他还老。"

"你们是怎么相遇的？"

"在希瓦吉公园。我喜欢看板球比赛，每周日都去，那是我的自由时间。如果我父亲得知我去看一群男生打球，那么我会被关禁闭的。迪帕克打得太帅了。他最终注意到了观众席上唯一的女生。我年轻时是个美女。当比分咬紧时，迪帕克盯着我，结果错过了得分，这一点让大家很吃惊，因为他本可以灭掉对方的投球手。只有我不吃惊。比赛结束后，他坐在我下面两排。他对我说，我让他付出了巨大的代价，为了让我得到宽恕，我必须答应再与他见面。接下来的那个周日，我们离开了公园，去马希姆湾散步。我们来到一座寺庙的脚下，那里正对河堤。我们开始交谈，然后一直说个不停。直到今天，我们共同生活了四十年，他早上离开的时候，我会想他。有时候，我来这个公园散步，他就在第五大道十二号楼的一层工作，但他不喜欢我去打扰他。那个地方是他的王国。"她用手指向华盛顿广场公园的拱门。

拉莉停下来，打量着她的侄子。

"你比较像我，而不是我的哥哥。我在你的眼神里看到了。"

"你看到了什么？"桑吉觉得有点好笑。

"骄傲和梦想。"

"我要去工作了。"

"你要去高新技术区工作？"她询问。

"那不是一个地点名词，但的确是我的王国。我今晚有约，不用等我了，我回来时不会吵到你们的。"

"我会等你的。玩得开心点，明天或者改天，我们再去参观我最喜欢的几个地方。"

桑吉陪他的姑母一直来到地铁口，在出发去山姆的办公室前，他往第五大道十二号楼走去。

◆◆◆

大堂记录了这栋大楼的历史，还有住户们的故事，不过他们并不了解他们的邻居。他们在人生中重要的时刻都要经过这台电梯，出生、结婚、离婚、去世，但厚厚的墙壁让他们的私人生活得以受到保护。

桑吉刚刚走过的那个大堂的顶部是橡树材质，木头散发出光泽，水晶灯照亮了整个大堂，显得极其奢华，大理石地面中央是十字星纹路，指向东南西北四个方向。没有任何物件是随意摆放的，这里保留着最初的特色。前台桌上的胶木电话机仿佛来自另一个年代，以前住客们用它打给管理员，但是它已经很久不响了。一个黑色的本子，上面写着来访者的名字，敞开放在桌上。迪帕克在这个柜台后面打着盹儿。

桑吉清了清嗓子，迪帕克跳了起来。

"我能帮您做什么？"他整理了一下眼镜，礼貌地问道。

当他看清楚面前是谁之后，他一下子变了脸色。

"你在这里做什么？"

"我来看看姑母口里的最好的地方是什么样子。"

"你从没进过一栋大楼吗？你难道住在贫民窟里？"

"我只是想看看那台著名的电梯……"

"我想是拉莉告诉你的。"

"这台电梯据说很厉害，需要专家才能操作。"

"的确如此。"面对奉承话他退缩了。

迪帕克转过身，看是否还有其他人。他拿起帽子，戴在头上。桑吉觉得这套制服下的姑父看起来就像是上尉军官。

"那行吧。"他嘀咕着，"这个时间点没人找我，跟我走，我带你转一圈，不过要悄悄的，明白吗？"

桑吉点点头同意了。他就像是被允许去参观关门的博物馆。迪帕克打开电梯的闸门，让他的侄子走进了电梯。但是他等了片刻才去操纵手柄，想给这场即将出发的短途旅行增添一丝庄重的色彩。

"你听，每个声音都很重要。"

桑吉听到了电流的噼啪声，还有马达的轰隆声，电梯厢在一股气流中缓缓上升。

"你听啊，"迪帕克补充说，"就像是一张乐谱，每层楼的调子是不一样的，我闭着眼睛就能听出来，我知道自己到了哪里，或者说什么时候我要放下把手，让电梯缓缓下降。"

电梯来到了六楼。迪帕克一动不动，等待桑吉的惊讶之情，他对此非常看重。

"下降更加美妙，需要更多的技巧。你明白吗？"

桑吉再次点点头表示赞同。当电梯开始晃动时，迪帕克的手机响了。于是他让电梯停下来。

"出故障了吗？"桑吉问道。

"闭嘴！九楼有人叫我。"他启动了手柄。

电梯往上升，比预计的要快。

"你可以调节速度？"

"应该是布龙斯坦先生，但平时不是这个时间。你就待在我身后，不要出声。如果他跟你打招呼，你也跟他打招呼，你就是访客而已。"

一位年轻女子坐在轮椅里，在九楼的平台上等着，她转过身，倒着进入电梯。

"你好，小姐。"迪帕克礼貌地打招呼。

"你好，迪帕克，但是今早我们已经问过两次早安了。"她往后退。

桑吉站在她后面，贴在电梯厢的内壁上。

"你不停下来，让这位先生下去吗？"在他们经过二楼时，克洛艾问道。

迪帕克不需要解释什么，电梯来到了一楼。他打开了闸门，并阻止了桑吉想把克洛艾推出来的动作。迪帕克迅速跑到大堂，打开了门。

"你需要出租车吗，小姐？"

"是的，谢谢。"

接下来就是一连串的突发事件。一个送货员拿着一个包裹出现，柜台后响起了三声铃响。迪帕克请求送货员稍微等一下，后者看起来很不高兴。

"响了三下，肯定是莫里森先生。"迪帕克嘀咕着，"好吧，我先帮你叫出租车。"

"那包裹呢？"送货员跟在他们身后。

克洛艾收了包裹，放在膝盖上，签了单。

"这是给克莱尔夫妇的。里面是什么呢？"她很好奇。

迪帕克焦急地看了一眼他的侄子。桑吉走到克洛艾面前，拿走了包裹。

"我把包裹放在柜台上，除非你想现在打开？"他对她说。

他放好包裹走出去。迪帕克正好站在路中间，吹着口哨，挥舞着胳膊，想拦出租车。然而，三辆黄色的出租车亮着灯从他面前经过。

"我真不愿意掺和跟我无关的事情，但这种事情总是源源不断。"桑吉也觉得很无奈。

"迪帕克，去接莫里森先生吧。我一个人可以搞定。"克洛艾说道。

"我来拦出租车。"桑吉走到他的姑父身边。

"好吧，不能是任意一辆车，只能是有滑动门的车。"迪帕克絮絮叨叨。

"我明白了！我不知道这个莫里森先生是谁，但他肯定不耐烦了。"

迪帕克犹豫了一会儿，然后回到大堂，留下桑吉陪伴克洛艾。

"还好吗？"他问道。

"为什么会不好？"

"没什么，我好像听到你念叨着什么。"

"我应该早点出发的，我要迟到了。"

"一个重要的约会？"

"是的……我想是这样。"

他冲到街上，然后拦下了一辆出租车——不是他姑父指定的那种车型。

"真是不好意思让你差点被车撞倒，"克洛艾朝他靠近，"我不想显得无礼，但我可能没法儿上这辆车。"

"你要迟到了，对吧？"

桑吉没有犹豫，弯下腰，把她抱入怀中，然后轻轻地放在后座上，再把轮椅折起来放进后备厢里，最后关上了车门。

"可以了。"他很高兴。

克洛艾盯着他。

"我可以提个问题吗？"

"当然可以。"他站在门边。

"我下车时怎么办？"

桑吉站着不动。

"你的约会是几点？"

"十五分钟后，如果不塞车的话，刚刚好。"

桑吉看了一下表，绕着车子走了一圈，坐在了克洛艾身旁。

"走吧。"他说。

"去哪儿？"克洛艾很不安。

"看你想去哪儿？"

"公园大道，二十八号大街。"

"我也是这个方向。"出租车开动了。

有那么一瞬间的宁静。克洛艾转过头看着车窗，桑吉看着他那边的车窗。

"没什么不好意思的。"他最后开口说，"我把你放下……"

"事实上，我在想今天早上公园里的玩笑，我希望你没有误解。我很抱歉，我没有想到我们会在这么大的城市里再次相遇，而且是同一天。你在我们大楼的电梯里做什么？"

"我上去，然后下来。"

"这是你最爱的消遣之一吗？"

"你重要的约会是什么呢？如果不是保密性质的话。"

"一场试镜，为了拿到一个角色。你去二十八号大街干什么呢？"

"也是试镜，不过是在投资商面前。"

"你是从事金融行业的？"

"你是演电视还是电影？"

"我忘记了我们跟印度人有个共同点。"

"我们？"

"我是犹太人。我是无神论者，但我是犹太人。"

"我们有什么共同点？"

"用另一个问题来回答一个问题。"

"我们不能是印度人和犹太人吗？"

"你刚刚给了我理由。"

车子停在了人行道旁。

"很准时！下一次见面时我再向你解释我是做什么的。"桑吉下了车。

他打开后备厢，拿出轮椅，然后把克洛艾放在了上面。

"我们为什么要再见面？"

"祝你好运。"他在上车之前说道。

她看着车子在十字路口掉头，然后朝市中心开去。

◆◆◆

一路上，桑吉的手机一直响个不停，他一直按捺着不去接。山姆估计在办公室急死了。

桑吉到了，他没法儿解释自己为什么迟到，还带着一副欢欣雀跃的神情。山姆冷淡地接待了他。在这种情况下，他听完了朋友的陈述，虽然他觉得还是缺乏诗意，但他也没有勇气让山姆知道这一点。

他们达成了共识，明天早上由山姆在他最大的客户面前介绍他们的计划，桑吉只需要以一副严肃的派头露面就行。

他们晚上在唐人街吃了饭。在分手之前，山姆建议把他送到酒店去。

"谢谢，可是我住在西班牙哈勒姆区。"

"你在西班牙哈勒姆区做什么？"山姆不安地问道。

桑吉向他解释在姑母家发生的误会。

"你为什么不找我要邀请函？"

"我已经太麻烦你了！"

"你简直有病！不住套房，不享受住房服务，不在广场酒店的床上吃早餐，而去陌生人家里住，这不是勇气，这是牺牲。"

"他们不是陌生人。"桑吉纠正道，然后坐上了一辆出租车。

◆◆◆

沙发床的弹簧磨疼了他的背。桑吉站起来，拉开了窗帘。西班牙哈勒姆区街上欢快的笑声让他想到了孟买。桑吉相信生命中的小信号，他回顾这一系列事件如何把他带到了这个小房间，它的窗户正对波多黎各区的杂货店，他正住在不熟悉的姑母家。他之前可是下定决心要远离自己的家族啊！

那一天，他的父亲在家庭晚餐时突然晕倒在地。人们刚刚把他安置在床上，他的伯父们就开始为孟买皇家酒店的未来争吵起来。桑吉决定再也不能跟他们一样。他安静地听他们谈论关于遗产分配的事情，还有酒店管理的重新分工。他偷偷去父亲的坟前祭拜，他从父亲身上学到了很多东西，只是很遗憾没能跟他分享更多重要的事情。他的伯父们认为他的母亲没法儿独自照顾自己的孩子。一个儿子需要父亲这样的角色，他们决定拿下这个孤儿的抚养权。从那一刻开始，桑吉发誓要逃离他们。

寄宿学校和家庭教师是这个年轻人残酷青春的回忆，桑吉等待放假与母亲团聚。后来他被送到更远的英国。他从英国回来后，跟他的家族彻底决裂。他偶然遇见了一位老同学，话题马上转到了女孩子们身上。现在默认的规则是年轻人之间的玩乐是被允许的。谈婚论嫁则是由父母决定的。

桑吉突然有了个想法。既然青春马上就要被收回，与其全部上缴还不如最大限度地利用。具体怎么操作呢？开发一个应用程序给年轻人创造更多机会，扩展其家庭圈甚至是职业圈，而不是接受命运的摆布。他想象中的社交网络比美国人开发的要复杂得多。他的应用程序的最初版本很快吸引了上千个用户，之后人数一直在上涨。他需要更多的资金去优化应用界面，雇用员工，租用办公场所，与客户交流，以吸引更多的用户。桑吉继承了父亲的遗产，尽管大部分是孟买皇家酒店的股份，他持有其中三分之一的份额。他的应用程序出人意料地大获成功，投入运行一年后，吸引了十万用户，如今用户数量已经达到了一百万。

《每日新闻》报道了他的成功，但记者也提出了一个困扰印度社会的问题：桑吉创建的社交网络平台正在急剧地改变社会道德准则，他还可以走多远？这篇文章引起了人们的关注，也使桑吉和他的伯父们产生了激烈的争执。只有母亲站在他那一边，尽管她也不太明白自己的儿子在做什么。但是他很幸福，这是她最在意的事情。

在母亲生病期间，他一直陪在床边。有一天，他拿起一本相册翻看，看见了一张他不认识的脸。母亲告诉他这个年轻女人是他父亲的妹妹。他从没见过的姑母，抛弃了家人跟一个不起眼的家伙私奔去了美国。

母亲恢复了健康，桑吉终于可以全身心地投入到他的事业中。企业的发展需要寻找新的投资。印度的银行出于伦理原因，非常保守，因为保守的媒体一直在抨击他的企业。于是桑吉想到了去他的竞争者那里寻找投资商。他申请了签证，拿到了未见过面的姑母给的邀请函。一连串的意外事件把他带到了这张可怕的沙发床上。

桑吉拉上了窗帘，很好奇下一个信号会是什么。

"你睡不着吗？"拉莉打开卧室门问道，"我也是失眠。我不知道这是病，还是赐福，但睡得少，意味着活得多，不是吗？"

"医生的建议正好相反。"

"你饿了吗？你想让我给你热点什么吃的吗？来吧，我们不要吵醒迪帕克。"她看了一眼她的卧室，就连地震都吵不醒他。

桑吉来到厨房的餐桌前，拉莉拿出一盘牛奶布丁，又切了两块榛果蛋糕。

"你是失眠还是倒时差？"

"都不是，我在想事情。"

"你有烦恼吗？你需要钱吗？"拉莉询问。

"不是的，你怎么会这么想？"

"我认识你的伯父们。你爸爸死后，他们剥夺了我的继承权。我怀疑他的那些破烂公寓不值什么钱，但这是原则，你要明白。"她从包里拿出钱包。

"收回去，我一个人搞得定。"

"一个人做不了什么，这样想的人满脑子优越感。"

"你的丈夫在电梯里就是一个人。"

"迪帕克白天上班，晚上另一个同事值班。我接受了他所有的怪念头，即使是那些最没有意义的事情，我给他全部的自由，但我要求他一直睡在我身边。"

"你们离开印度是为了生活在一起？"

"我不知道今天是怎样的，在我们那个年代，都是父母安排婚嫁，我们年轻人没有发言权。我的脾气可不是逆来顺受。迪帕克不属于我们的种姓级别，但我们相爱了，于是我们决定不管付出什么代价，都不要让老古董决定我们的未来。我们低估了这份代价，只能逃离孟买，不然你的爷爷或者其中一个伯父会杀死他。"

"爸爸不会允许这种事情发生的。"

"他跟男人们站在一边，这对我来说是可怕的背叛，因为我的三个兄弟中，只有你的父亲是我最好的伙伴。他本可以站在我这边，对抗一个虚伪的家族，但他没有这样做。我不应该在你面前这样谈论他，这不合适。"

夜幕降临了，桑吉和拉莉分开了，但两个人都睡不着。

◆◆◆

在第五大道十二号楼，所有人都已经睡了很长时间，只有科林斯夫人的闹钟刚刚响起。这位住在六楼的优雅老妇人穿上睡袍，来到了客厅。她给鹦鹉的笼子盖上一条黑色的丝绸围巾，然后来到厨房。她打开门的插销，让门半开着，然后走进了浴室，在镜子前涂粉，在后颈喷了点香水，然后钻进了床单里。她一边等待，一边看杂志。

我离开医院的那一天

　　一开始，我用的是木质的平板。我把它放在床和轮椅的座位中间，我可以从上面滑过去，这是玛吉教会我的。我不是她的第一个病人，她有一种独特的方法向你解释一些事情，让你没时间去害怕。她向我保证，有一天我不会再需要这些东西，只要我好好锻炼手臂。这些年白跑了，如今大腿变成了水泥，我感觉不到它们的存在，必须从零开始训练肩部和后颈。

　　一天早上，马尔德医生告诉我他不需要再照看我了。他在宣告这则消息时看起来很忧伤，我以为他想让我多待一段时间。我有些迷恋他，玛吉给了我最后一颗止痛药。我向马尔德医生提议一起离开。他笑了笑，拍拍我的肩膀，告诉我他为我感到骄傲。然后他让我准备好应对在外面等待我的人。什么人？你会明白的，他微微一笑这样回答我。就冲着这个微笑，我可以当场嫁给他。

　　那个时候，我不明白，但脑袋里只有一个想法，就是尽可能长时间地沉醉在他的味道里。

坐在轮椅里，爸爸推着我来到了走廊。护工、护士、接线员、值班医生都竖起了大拇指，在我经过时为我鼓掌，向我祝贺。一群快乐的疯子，我才应该给他们鼓掌，拥抱他们，我想告诉他们，我在他们身上感受到的关怀让我可以承受这一切痛苦。但惊喜还没有结束，来到大堂之后，才是真正的惊喜。

眼前是记者、摄像机、闪个不停的闪光灯，警察们保护着我，从城里各个角落拥来的一百多位群众过来恭喜我。我哭得像个泪人，被这种程度的关心吓坏了，在车子里我还在继续哭，我明白人们恭喜我不是因为我到达了终点线，而是因为我活了下来。

# 4

克洛艾在试镜结束后，想去麦迪逊大道散步。为什么不给自己买一条裙子或一件胸衣，让母亲高兴点呢？甚至是让自己高兴点也好。她坐在轮椅上沿着橱窗前行，走进了两家商店，但一件都没买。空气中弥漫着春天的香气，人行道上空荡荡的。她的试镜还算顺利，她什么都有，足够幸福，不需要多余的开销。她沿着麦迪逊公园转圈。从北到南，第五大道在下坡路，她可以很轻松地一个人回家。

她出现在大楼的屋檐下，迪帕克赶紧过去给她开门，一直把她护送到电梯口。

"是去办公室还是回家？"他的手放在手柄上。

"回家，谢谢。"电梯上行。

"我拿到这个角色了，迪帕克。下周开始录制。"克洛艾经过二楼时开口说道。

"恭喜，一个不错的角色？"他在三楼时问道。

"是我喜欢的一本书。"

"那我得赶紧去读读,不,我还是愿意听故事。"他在四楼时纠正道。

"刚刚电梯里的那个男人,是戈鲁拉先生的客人吗?"克洛艾在五楼时问道。

"我记不住所有的访客。"

他们安静地经过了六楼。

"他还帮忙拿了克莱尔家的包裹,还帮我拦了出租车。"

在八楼时,迪帕克做出沉思的表情。

"我没怎么注意。他看起来很热情,愿意帮忙。"

"他是印度人。"

九楼。迪帕克让电梯停下来,打开闸门。

"我的原则是不去打听坐电梯的人,尤其是他们的出身,我这样做不合适。"

他跟克洛艾道了一声再见,然后下楼了。

◆◆◆

山姆挂了电话,神色紧张,他的老板叫他过去,根本不管他是不是在忙。这种催促没有任何好处。山姆在想自己是不是做错了什么,但他还没来得及思考,老板的秘书杰拉尔德就过来敲了一下玻璃隔板,指了一下手表,意思再清楚不过了。山姆马上拿起笔记本和笔,冲到了走廊里。

沃德先生正在讲电话，他没有让他坐下来，反而转过身，让椅子正对华盛顿广场公园。山姆听到他在道歉，并且向对方承诺会有严厉的惩罚措施。沃德先生放下电话，然后拉长了脸。

"你来了啊！"他语气强硬。

这下可糟了，山姆想。

"您找我？"他询问。

"你是昏了头吗？"

"没有。"山姆摸了摸头。

"平时还觉得你很幽默，但今天可不是这回事。"

"今天发生了什么事？"山姆不好意思地问。

"你今天早上给我们最大的委托人之一介绍的是什么狗屁玩意儿？"

故事的碎片拼凑起来。桑吉今天早上迟到了，一脸惊恐的表情，又衣衫不整。

"这是一份非常有潜力的案子。"

"一个印度的交友网站？为什么不在孟加拉国搞一个脱衣舞俱乐部？"

"不是您想象的那样。"山姆嘟囔了一句。

"我没想象任何东西，我唯一看重的就是我们的客人是怎么想的。'亲爱的沃德，如果我是一个投资商，是你们公司的投资者，那是因为我坚信我们拥有相同的价值观，道德观是我在投资中非常看重的一点……'我就不说那些烦人的细节了，结论就是："希望你那个小丑员工不要再来烦我！"整场对话持续了十五分钟！我希望你明白我朋友的观点了。"

"再清楚不过了。"山姆一副隐忍的表情。

"那么去执行吧！"沃德先生下了命令，一只手指向门口。

山姆走出办公室，碰见了杰拉尔德，后者没有掩饰他的快乐。

"我认识一个家伙，恭维不成功，反被训了一顿。"他取笑道。

"真时髦，花大价钱买名牌衣服，显得自己很优雅是吧？"

"优雅就是我的代名词。"杰拉尔德被惹怒了。

"我可看不出来，老兄。"

杰拉尔德差点跟他打起来，但山姆根本不在乎他老板的秘书在想什么。以前他总是能忍就忍，什么都不说，早上出门满心怒火，晚上回到家又是一肚子的火。这一次，他受够了。

他想起了以前在牛津时桑吉跟他说过的一句话："压死骆驼的最后一根稻草。"

"我在想这到底是一句谚语，还是书里的名言？"他窃窃私语，杰拉尔德一句话都没听懂。

这一次，最后一根稻草落了下来，他决定豁出去了。这不是为了比赛，而是出于骄傲。他猛地推开了挡在他面前的杰拉尔德，然后朝沃德先生的办公室走去。

"就一个问题，当你的朋友投资军火公司，或者投资被认为是这个星球上污染最严重的化学公司时，他的这些行为不会产生道德冲突吗？不需要请我坐下来。"

山姆一屁股坐在老板对面的椅子里，后者吓呆了。

"如果你知道阴和阳，知道一枚硬币有正反面，你就会明白我想做什么。你知道发明了手机的两个小丑最开始在车库里做研究，跑去洛克希德公司的垃圾堆寻找损坏的零部件吗？让我跟你讲讲你所谓的这件狗屁玩意儿是什么，听清楚了，桑吉的家族可比我们这家公司厉害多了。他的父亲在他十二岁时去世了。他的伯父们获得了监护权。他十八岁时被送到了牛津，我们是在那里认识的。他回到印度后，搞清楚了两件事情。第一件事情是他父亲的遗嘱，他在三十岁之前没法儿使用他的遗产。这里的遗产指的是孟买市中心的豪华酒店。第二件事情是他的伯父们从他青少年时期开始就只有一个目的：不让他接管酒店的管理工作。他们决定延长他们的监护期。他们达成协议对他的生活进行严加看管。从牛津回来之后，桑吉本来可以乖乖地等几年再继承他的遗产，但他拒绝了他们。我这样说，你也许会以为这是一种没有经过思考的鲁莽行为，想象你流落街头，没有一分钱，那是孟买的街头，另一个世界。你如果把他看成是流浪汉，也没问题，他的确在街头度过了好几夜。但我的朋友是一位斗士，他找到了工作，找到了住的地方，并且从未失去对知识的渴求。他对什么都好奇，什么都不会吓到他。这是我最欣赏他的一点。他在一个酒吧做服务生，碰见了以前的同学。这个家伙有着疯狂的想法，桑吉将其付诸实际，最终创办了一个非常成功的公司。现在问题很简单。有多少个像你那样的大客户经过那家著名的车库，看着两个嬉皮士一样的年轻人倒腾着损坏的零件，会停下来询问一番？桑吉已经拿回了孟买皇家酒店里属于他的份额，他只需要拿去抵押，根本不需要我们的服务，但是他不愿意让他的伯父们不高兴。就算我只承受了他们对他伤害的四分之一，我也想要报复他们。但他没有这样做，在印度，尊重长辈是最重要的。我没想到这是我从一个受害者身上学来的。请你明白，这也是这几年来我们关系的写照。现在，我们来摊牌吧，你要不要进来这个车库？如果不要的话，我今晚就把办公室给您腾空了。"

沃德先生一脸好奇地看着山姆。他转过身，背对他的员工。

"把材料拿给我看看，我再研究一下。"

"没必要，你花钱是让我做这件事的。"

"你知道你是在拿自己的事业去冒风险吗？你要明白，如果这件事黄了，你就会被开除，而且不光是从我们公司除名。"

"如果这件事成功了，我帮您打开了印度市场，我是不是该拿一枚勋章？"

沃德转过身来，看着山姆。

"在我改主意前，给我滚。"

◆◆◆

山姆告诉桑吉他跟他的老板进行了一场非常有意义的面谈，并适当地略去了某些细节。让像沃德先生那样有影响力的人认可一件事情，是值得庆祝的。

"下次你能否准时到，而且穿得整齐点？"山姆拜托他。

"十分钟不算迟到。"

"你昨天迟到了两小时。"

"是的，昨天有特别的事情，我要绕道去送一位女士，她有一个重要的约会。"

"我们的约会就不重要吗？这位女士是谁，我认识吗？"

"不，其实我也不认识。"

山姆一脸惊讶地看着他。

"所以我就说你是个神经病！"

"如果你见过她，你就不会这样说。"桑吉回答。

"她长什么样？"

桑吉走远了，没有回答他。

经过姑父工作的大楼，他抬起头看着九楼的窗户，寻思着这位女士是否拿到了今天的角色。他真心为她祈祷，然后继续往前走。在联合广场上，一场震耳欲聋的萨克斯演奏会正在上演。他没有坐出租车，而是挤上了地铁。

　　他在西班牙哈勒姆区下车。这里没有高级写字楼，没有雨棚，也没有看门人。简单的红白砖房与大量的廉租房共存。各种气味和颜色交织在一起，褪色的外墙、破烂的马路、垃圾散落的人行道，各种语言汇集在一起，构成了一幅五彩斑斓的景象，就像他年轻时住过的地方。

　　桑吉回到公寓，看到拉莉坐在客厅的沙发上，正在绣东西。她皱着眉头，让眼镜不要从鼻头滑下去，迪帕克在摆放餐具。

　　"你跟我们一起吃晚餐吗？"他开口打招呼。

　　"我请你们去餐厅吃吧？"

　　"今天不是周四吧？"迪帕克回答。

　　"好主意，"拉莉说道，"我们去哪里换换口味呢？"她给她老公使了个眼色。

　　"我想试试美国菜。"桑吉建议说。

　　迪帕克长叹了一口气，把餐具收拾好。他取下门口衣架上的大衣。拉莉放下手里的工艺品，给她侄子使了个眼色。

　　"离这里有三个街区。"迪帕克打开门。

　　在十字路口，行人信号灯刚刚变成红色，拉莉急匆匆过了街。迪帕克没有跟在她身后，而是拉着他侄子的衣领。

　　"克洛艾小姐还好吗？"

　　"我帮她拦了一辆出租车，怎么了？"

"没事……她问了几个关于你的问题。"

"什么样的问题？"

"跟你没关系。"

"怎么跟我没关系？"

"我的电梯是告解室，我要保守秘密。"

信号灯又变成了红色。迪帕克继续往前走，就像什么都没有发生过一样。过了一会儿，他停在卡玛拉达斯餐厅花花绿绿的窗户前。

"在这个街区当然是吃波多黎各菜。"他打开门说道。

◆◆◆

在第五大道十二号楼，里韦拉先生把他的收音机放在柜台下方。他把频道调到了一个电台，电台刚刚开始直播一场曲棍球比赛。他开始读一本侦探小说。整个夜晚都是属于他的。

布龙斯坦一家人很早就回家了。

八楼的威廉斯一家叫了两份外卖。先生叫的是中国菜，他在办公室里写自传；夫人叫的是意大利菜，她在自己的房间里画画。里韦拉先生想他们一家人虽然排外，但并不排斥外国菜嘛。

克莱尔先生和夫人在小客厅里看电视。人们坐电梯经过他们家门口时，留意到他们每次做爱时会把电视机音量调大。

早川一家离开了这座城市，在春天回到他们在卡梅尔的家，他们只会在秋天回来。

莫里森先生是四楼的业主，他每晚都去歌剧院，每晚都在比尔博凯餐厅吃饭，然后在晚上十一点左右醉醺醺地回到家。

泽尔多夫一家人从不出门，除非是在大弥撒之夜去教堂。夫人高声朗诵关于摩门教信徒生活的书，先生无聊地听着。

至于戈鲁拉先生，他老早就离开了二楼的办公室。他们错开的作息时间让他们见不到面，除非是四月的上半月，因为会计会工作到很晚。他的客人们都赶在十五号前报税。十二月也是一样，正好碰上年底的分红。

晚上十一点，里韦拉先生放下手里的侦探小说，相信自己已经解开了谜题。帮助莫里森先生回到家里，可不是件容易的事，因为莫里森先生实在是醉醺醺的。他一直把他送到卧室的床边，脱下他的鞋子，然后回到楼下。

午夜时分，他锁上了大门，把手机放进口袋里，这样大楼里的人可以随时找到他。他借用了员工楼梯，气喘吁吁地爬到六楼，擦了擦额头的汗，然后轻轻推开了半关着的门。

科林斯夫人在厨房里等他，手里拿着一杯波尔多红酒。

"你饿了吧？"她询问道，"我想你肯定没时间吃晚饭。"

"我离开家的时候吃了一块三明治，但我想喝杯水。"他亲吻了她的额头，"这些楼梯迟早会要了我的命。"

科林斯夫人给他倒了一大杯水，盘腿坐下，把头放在他的肩膀上。

"我们上床睡觉吧，"她低声说，"等待你的日子太漫长了。"

里韦拉在浴室里换衣服，那里挂着一套熨烫过的全新睡衣。他穿上睡衣，来到了科林斯夫人的床上。

"这件衣服太棒了，你太不应该了。"

"我去巴尼家逛了逛，我觉得肯定很适合你。"

"就像是量身定做的。"里韦拉先生回答。他在欣赏裤子的下摆。

他钻进床单里，确保闹钟会在五点响起，然后关上台灯。

"她还好吗？"科林斯夫人问道。

"她很安静，心情很好，医生又调整了一次药的剂量。她把我当成了粉刷走廊的工人，然后夸奖我做得很好。她记得自己喜欢蓝色。"

"你的书呢？找到犯人了吗？"

"是护士还是女仆，或者她们俩是共犯，我明天就知道了。"

里韦拉先生背对科林斯夫人蜷成一团，闭上眼睛，睡着了。

◆◆◆

克洛艾双腿的幽灵会突然在半夜里叫醒她。但今晚不是因为疼痛。她坐在床上念台词，还根据小说里对话的人物性格做出相应的手势。

这一章的开头，她压低嗓子扮演安东的角色。在书中，年轻的马夫想让他追求的女孩子记住他。克洛艾学着摆出一副骄傲自大的神情。当女孩骑上马开始飞驰时，克洛艾合上书，把它扔在床上。她拉开被子，滑到轮椅上，来到窗边，看着窗外被粉色的晨曦笼罩着的街道。一个男人在遛狗，一个女人急匆匆地赶路，超过了他。一对穿着晚礼服的夫妇从出租车里出来……

克洛艾叹了口气，拉上了窗帘。她的眼睛盯着书。她是一个别人看不见的女演员，一个执着追求舞台梦的女演员。

她来到厨房，准备沏茶。

水壶吱吱作响。突然，从员工楼梯传来了一阵可怕的叫声。门闩太高了，她够不着。克洛艾试着伸长手臂，但还是够不着。她把脸贴在门上仔细听——一阵呻吟，然后是一片安静。

她把轮椅往后退，迅速关上了煤气，冲到走廊，然后拍打父亲的卧室门。布龙斯坦教授看到他的女儿，吓得从床上跳起来，头发还是乱糟糟的。

"发生了什么事？"他不安地问道。

"跟我来，快点！"

她把他拉进厨房，跟他解释说她听到有人在楼梯间里摔倒了。

布龙斯坦赶紧冲下去。下了四层楼后，他让女儿赶紧拨打急救电话。

"他怎么了？"她大喊着问道，非常气恼自己不能下去。

"别浪费时间，我下去给他们开门。"

她冲到自己的房间，拿起手机，拨打了911。她来到窗边，打开窗帘。

她的父亲在人行道上等着，接着她听到了刺耳的鸣笛声，一辆救护车停在了大楼旁。两名救护人员冲进了布龙斯坦先生身后的员工门。

她从厨房到卧室，又从卧室到厨房，来来回回了四次。

救护人员出来了，抬着一个担架，上面躺着一个男人，脸上戴着一个氧气罩。

克洛艾在门口看见了她的父亲。他站在走廊的另一端。

"没办法用电梯，里韦拉先生的情况很糟糕。"他气喘吁吁地说道。

他们更换了我的绷带

马尔德医生询问我是否想看看自己的膝盖，向我解释说有些截肢的人想这样做，有些则不想。我犹豫了一下，跟他说我可否只看一条腿。

我知道我失去了什么，但我没有意识到伤口的面积。原本应该是小腿肚的那块地方看起来就像是坑坑注注的月球表面。我动弹不得。朱利叶斯更不想直视。玛吉给我的额头贴了块纱布，爸爸去走廊找朱利叶斯，留下我们两个女人，他也许是不想让我看见他在哭。

玛吉告诉我，在接下来的日子里，止痛药、氢吗啡酮和芬太尼会是我的好朋友，但也就几天的时间，我不会形成依赖性。我被这些护理人员的好心打动了。玛吉叫我"小蜜罐"，也许是我的膝盖让她想到了这个画面。医生每解开一厘米的绷带就询问我是否觉得疼。我得承认他们的人道主义精神对我来说是莫大的安慰。如果我能把他们两个带回我家——但回程太远了。

我牵着玛吉的手——事实上，我都快把她的手指捏红了，她一直重复说我很棒，很坚强。最后，马尔德医生撕下最后一条绷带，实在太疼了，我把早餐吐了出来。朱利叶斯回到房间里，玛吉把小盆递给他，一幅让人反胃的画面。之后我什么都不记得了，玛吉说我受的苦够多了，她没有等到马尔德医生的命令，直接给我打了一针，让我陷入沉睡中。

当我再次睁开眼睛时，朱利叶斯就在那里。我想知道我睡了多久，这个很重要。对我来说，他陪了我多长时间，这点很重要。他专注地看着我，无比深情地对我说最好洗洗头。然后他哭了，轮到我来安慰他。他不停地重复说他多么抱歉——为何抱歉？我回复他说没必要，这不是他的错。但他坚持说是他的错，如果他没因为工作而取消这场旅行，那么就不会出事，我们本来计划去意大利的。我跟他说也许在意大利会被车撞到，要知道意大利人开车就跟疯子似的，他责怪自己没有陪我一起去。那又能改变什么，他又不会代替我去跑步……为什么当你身上发生不幸的时候，你的亲人们会有负罪感？也许他们在默哀，生活不会再跟以前一样。我想到了未来，看着朱利叶斯，跟他说他不欠我任何东西。他询问我他是否可以在玛吉的看护下帮我洗头。头发似乎还保留着"十四点五十分"的味道。我不知道如何命名发生的这一切，我用表停下的那个时刻来命名这一事件——十四点五十分。

# 5

早上六点十五分，迪帕克从员工门进来，在地下室穿上了制服，然后上楼准备接班。日常的准备工作就绪，然而今天早上注定跟以往不同。大堂一片骚动，克莱尔夫妇、威廉斯夫妇、泽尔多夫夫妇在跟布龙斯坦先生谈话。莫里森先生靠着墙壁打盹儿，科林斯夫人焦虑地走来走去，只有克洛艾小姐不在。这样的情景让迪帕克目瞪口呆，他迅速回过神来。谁把大家都叫到了一楼？他的同事居然没有当班。

布龙斯坦先生第一个注意到他的出现，朝他走过来，脸色很难看。

"亲爱的迪帕克，我很抱歉，出了一场事故。里韦拉先生在员工楼梯上摔倒了。"

"他凌晨五点在员工楼梯上干什么？"威廉斯先生表示不理解。

"目前来说，原因并不重要，我们担心的是他的身体。"克莱尔夫人回答。她还穿着一件轻薄的睡衣。

"救护人员是怎么说的？"威廉斯夫人问道。

"还好，他是右腿开放性骨折，幸好没流血。我跟他交谈过，他意识很清醒。"教授补充了一些细节。

"希望他平平安安。"泽尔多夫先生叹了口气，偷偷瞟了一眼克莱尔夫人低胸的领口。

"希望他一到医院就能拍个片检查一下。"泽尔多夫夫人补了一句，偷偷踢了她老公一脚。

"哪个医院？"迪帕克冷静地问道。

"我要求他们送到贝丝医院，我有个朋友是医生，在那里工作。"布龙斯坦先生回答。

"好吧，我想你们都想尽快回到自己的房间里，这样我们得走两趟。我们来安排一下先后顺序。"迪帕克就像是面对暴风雨的船长。

他给乘客们点名，泽尔多夫夫妇、莫里森先生先走，最后是科林斯夫人……迪帕克发现她正在柜台后面翻找什么东西。她打开抽屉，马上关上，然后弯腰朝向地面。

"我能帮您吗？"迪帕克低声说道。

科林斯夫人找到了她想要的东西。她抬起头来，递给他一本书。

"您可以信任我。"他一本正经地说道，"如果您能走到电梯，顺便叫醒莫里森先生，我将会非常感谢您……"

上下几百米后，剩下迪帕克一个人在电梯里，他放下座椅，用双手抱住头。他要预先通知他老婆他今晚会晚点回去。住客们下班回家需要他的服务。然后，他还得赶去医院。谁来值夜班？他离开之后，住客们爬楼梯？他找不到答案，一阵不好的预感涌上心头。

◆◆◆

生活几乎恢复了正常。迪帕克跟往常一样工作。他把克莱尔家的女管家送上去，然后把他们的金色寻回犬接下来交给遛狗的人。九点，戈鲁拉先生来到大堂。

"你今天早上的脸色真难看。"会计走进办公室的时候说道。

幸好他的办公室在二楼，迪帕克没有理睬他。

十点，威廉斯先生呼叫他。迪帕克上行前往八楼时，泽尔多夫先生又在呼叫他。没必要停下电梯，住客们不想先上再下。于是，他在下行的半路上接上了泽尔多夫先生。泽尔多夫先生和威廉斯先生再次相遇。

"说实话，他凌晨五点在楼梯间里干什么？"福克斯新闻的专栏作家嘀嘀咕咕，他不想错过一个怀疑其他人或者其他事情的机会。

"我毫不知情。"泽尔多夫先生叹了口气，他很少这样做，除了在七楼女邻居的面前。

迪帕克感觉到他们的视线投到他身上，穿过了他的帽子……但他克制住了，在打开门时祝他们一天过得开心。两个男人来到了外面的人行道上。

过了一会儿，轮到克莱尔一家，他们总是一起出门。

威廉斯夫人在家工作，泽尔多夫夫人不工作，科林斯夫人早上从不出门。莫里森先生从不在下午三点之前出门。克莱尔家的女管家中午才去买东西，上午她在家吸尘。迪帕克有点自由时间。

他跑到柜台后面，从抽屉里翻出一本旧的电话簿，给医院打了电话。

那天早上跟其他早上不一样。迪帕克很久没有经历过如此兵荒马乱的情景，他完全没办法冷静下来。胶木电话机响了，迪帕克呆呆地看着它，最后才拿起听筒。

"你有他的消息吗？"科林斯夫人颤抖的声音问道。

"我给医院打了电话，夫人，他还在做手术，但脱离了危险。"

他听到一声宽慰的叹气声。

"在下午两点半和三点之间打给我，大堂没人。"他轻轻地放下电话机。

他的手机响了起来，只可能是克洛艾小姐。修电梯的时候，人们没有考虑到坐轮椅的人的需求，那些按钮对她来说太高了。

迪帕克来到九楼，她在平台上等着。

"我想如果他醒来的时候身边有人陪着，他会感激的。"她在电梯里说道。

"您真是好人，小姐。"

"是我听到他摔下来的。我那时候在厨房里……"

因为那天早上跟其他早上不一样，迪帕克打断了她。

"是因为锅炉。它早上五点开始工作，蒸汽通过管子排出去，五楼的管子太靠墙了，它们震动时会发出巨大的噪声，就像是有人用锤子在敲东西。所以必须使劲敲打水管才能消除噪声。他是因为这个才摔断了腿。"

"也许吧，你为什么告诉我这些？"

"我想威廉斯先生正在调查真相。"

他把她送到街上，拦了一辆出租车，帮她上了车。

"别担心，只是摔断了一条腿，没那么严重。"她关上了车门。

"如果是您的话那不一样，他那个年纪出事故还是挺严重的。"迪帕克叹了口气。

"一有消息我就打给你。"

迪帕克谢谢她的关心，然后回到大楼里，浑身发抖。

◆◆◆

克洛艾看到里韦拉先生睡着了，便转身面向窗户。她重新找回了自己的定位，生活给了她新的力量，她的目光飘到了枫树的顶端。四季如风飞逝，冬日树木萧萧，春日枝叶发芽，夏日枝繁叶茂，秋日红叶片片。

一个女护士走进来检查输液的情况，测量里韦拉先生的血压。克洛艾询问他的身体状况。护士犹豫了一下，说他的腿会慢慢好起来的。当护士离开后，她被吓到了。

"会好起来的。"她嘀咕着，不知道在跟谁讲话，是跟她自己还是里韦拉先生。

里韦拉先生睁开了双眼，又痛苦地闭上了。克洛艾想马上溜走，她在那里什么都做不了。她想给父亲打电话让他来接她，这时一位女士出现在门口。

她穿着一条粗呢裙子、一件白色衬衣和一件毛衣。她等了一会儿才来到床边，把手放在床单上，然后抓出了褶皱。

"我认识他二十年了，但我几乎不了解他，不是很奇怪吗？"

"我什么都不知道。"克洛艾嘀咕着。

"我的丈夫提到他时就像是在谈论他的兄弟，一个只能早上和晚上见到的兄弟。"

"我不是他的家人。"克洛艾坦白说。

"我知道你是谁。"拉莉回复。她坐在椅子上。"我的丈夫很欣赏你，我想里韦拉先生也是。我们在白天和黑夜都是同一个人，不是吗？"

"你是迪帕克夫人？"

"是桑加力夫人，'迪帕克'是他的名字。请注意，虽然'迪帕克夫人'这种说法不符合规矩，但他也是这样称呼您的，'克洛艾小姐'。我来接班吧，你先回去，你脸色看起来不太好。"

克洛艾没有回答。拉莉站在她的轮椅后面，把她推到了走廊里。

"我也很害怕医院。"她把她推到电梯口，"你想去喝杯茶吗？"

"我很想去。"

走出医院，克洛艾想自己推轮椅。

"请原谅，我不喜欢别人推我，感觉好像是在遛狗。"

"你刚刚并没有抱怨，如果你不觉得不方便，我就继续推吧，至少我们还有几步路要走。"

"你要带我去哪儿？"克洛艾问道。

"我知道一个地方，那里的甜品很棒，离这里几个街区，我们走过去，正好可以燃烧点卡路里。"

"照这个速度走，我燃烧不了多少卡路里……"

那家店有一个奇怪的名字，叫作Chikalicious。克洛艾觉得很有趣。她觉得拉莉威严的样子很像仙女玛丽①。

"你为什么这样看着我？"拉莉吞下了一口朗姆酒蛋糕。

"我怎样看着你呢？"

"不会是我的大胃口让你觉得尴尬吧？我没吃午饭，我不觉得爱吃是件羞耻的事情。"

"不，不是这样。"

"你想象中的我是另外一个样子？"

"我没有那样想过。迪帕克是个很低调的人。"

① 译注：电影《欢乐满人间》里的仙女玛丽，她来到人间帮助乔治家的两位小朋友重拾欢乐，当保姆兼家庭教师，教导他们如何克服生活的困难，并且让乔治夫妇体认到亲子温情的可贵。

"我丈夫在你青少年时期就认识你了,他早晚接送你,如果你需要,还帮你拦出租车,不管是刮风还是下雨,他给你提行李,每天问候你,你对他的生活一无所知的唯一借口就是他很低调?我们的邻居是古巴人,他们有三个孩子,两个孙子,住在我们楼上的波多黎各人,女人是教师,男人是电工。我们大楼里有二十四户,我认识所有人。"

"如果你真想比赛的话,那我会让你大吃一惊。我一个人在家时,喜欢观察我邻居们的出行。我可以告诉您泽尔多夫一家最小气,如果灯泡坏了,他们指望别人来修。如果门关不上了,他们指望迪帕克来抹点油。事实上,他们指望所有人来帮忙,他们自己可不想动手。莫里森先生是个优雅的酒鬼,一个对什么都感兴趣的醉汉,但是他什么都不明白,真是个人才!克莱尔一家是一对法国夫妻,来纽约住了很久,活在他们自己的圈子里。我很喜欢他们,他们在切尔西拥有一家画廊。他们非常相爱。克莱尔夫人每次穿低胸裙子时,泽尔多夫先生总是被她吸引,我父亲也不例外。但我什么都没说……科林斯夫人是个欢快的寡妇,至少表面上如此,她总是能说出讨人喜欢的话。她曾有条狮子狗,白天一直叫个不停。狗死了之后,泽尔多夫夫人感慨终于安宁了,但是科林斯夫人的鹦鹉又开始叫了。威廉斯一家觉得自己很厉害。威廉斯先生是福克斯新闻的经济专栏作家,他自以为是,牛气冲天。我父亲说他就是个笨蛋,认为生活可以用经济原理来简单概括。我父亲很了解他的领域,他是纽约大学的经济学教授。至于威廉斯夫人,她可是最狡猾的角色。虚伪的人是最糟糕的。每次在电梯里遇见她时，我总是开玩笑地悄悄把轮椅往前推，逼得她往后退，她实在是太虚伪了，什么都不敢说。"

"你真是个厉害的角色。"拉莉感慨道，"既然你不吃这块蛋糕，那我吃了啊。你自己又是什么样呢？我可不像我丈夫那么低调，我的性格正好相反。"

"我曾经是演员，在斯特拉·阿德勒工作室上表演课，扮演过几个小角色，最后在一部电视剧里演过戏。"

"现在呢？"

"录有声书。"

"你是志愿性质的吗？"

"不是的，但酬金不是最重要的……"

"你既然在配音，而且也有报酬，为什么说自己曾经是演员呢？在我看来，你一直是演员。"

"算是吧，但不是那些可以签名的演员。"

"我曾经是裁缝，也没有在衣服上签名啊！"

拉莉轻轻擦拭了嘴角。两个女人互相看着对方。

"我的丈夫今晚应该会很晚回来，拖着疲惫的身躯，明天一大早就得出发去上班，也许比往常更早。我应该让他在地下室放一张床，这样就算里韦拉先生不在，你们的出行也不会受到干扰。我的丈夫可是非常有责任心的。然而我很担心这一切对我们造成的影响。"

"房东应该会很快找到替换者的，我肯定戈鲁拉先生在找人了，事情会尽快恢复秩序的，别担心，我会留意的。"

"要特别注意别让戈鲁拉先生说服你们的邻居做出其他的选择。时代在变，如果你们的大楼发生了改变……如果迪帕克完成不了使命，他会没法儿释怀的。"

"什么使命？"

"你在嘲笑他吧，我们下次再谈，我要回去了。不要告诉他我们见过面。迪帕克住在大堂和电梯里，他喜欢他那个封闭的世界。"

拉莉很乐意让对方请客。她走的时候，没有想到帮克洛艾拦一辆适合她的出租车。

# 6

"你说的'来源'是什么意思?"桑吉问道。

"你的家乡,印度。"

"他们给我在孟买的银行打电话了?"

"不仅仅是这样……"

桑吉看起来好像还没明白状况,山姆赶紧招认了一切。

"我没有别的选择,你来自远方,有着这么一个庞大的计划,如果没有推荐的话,你想我怎么办?如果你是美国人或者欧洲人……"

"就是因为我来自第三世界国家,一个有着盗贼和贫民窟的国家,这就是你的想法?印度现在的发展超乎你的想象。"桑吉很生气。

"但是财富掌握在少数选民手中。"

"你们国家不也是这样吗?如果出身不好,就没法儿出人头地!你们的美国梦现在又是怎样呢?"

"我没说是不可能的。桑吉,我们需要几周来筹措资金,你得现实点。"

"我没给你提任何条件，不要扯上我的家族。我希望这种事情再也不要发生，到此为止。"

"没法儿到此为止啊，说实话，你的伯父们说了一堆坏话，流浪汉、蛀虫，一个被剥夺了继承权的幻想主义者……剩下的我就不说了。"

"他们这样说我？看来他们还是想开战啊！"

"现在是时候给予反击了，如果这些恶意中伤的话在金融圈流传开来，接下来就难办了。现在，我要问你一个问题，你有权利开除我，但我没有其他办法。"

"你想知道他们说的是否是实话。"

山姆从会议桌上拿起了文件夹。

"好吧，我辞职，这样更好。你以为就你一个人把未来赌在这件事情上？你想想如果我的老板得知我向大客户推荐这样一个家伙，就因为我在英国跟他一起鬼混过，还有一副好皮相，他会怎么想？"

"一副典型的印度人长相。"桑吉嘲讽道。

"一副滑稽的长相。"山姆回答，"亲爱的山姆，你的客人住在哪里？在哈勒姆区，他不认识的姑母和姑父家。街上的车子是他的吗？不，他是坐地铁来的……为什么他会在这么重要的约会时迟到呢？"

"我应该坐大象来……生活中的偏见无处不在。"

桑吉来到了窗边。

"我的伯父们不接受我拥有酒店三分之一的股权这一现实，他们也不能接受我不听他们的话。我想逃离家族的愿望是一种大逆不道的行为。他们想看到我失败，想我去求他们。我现在是比以前有钱了。我想成功，来打他们的脸。你自己决定是否要帮我。"

山姆咬着笔，在思考问题。

"这家酒店如何？"他询问。

"正常吧，四百个房间，一个会议中心，一个游泳池，一个水疗中心，三个餐厅，还有在我看来极其浮夸的装修。"

"正常……位置在哪儿？"

"最好的地段。"

"你继承了多久？"

"我的祖父收购了孟买市中心一座建筑群中的所有公寓。他死后，我的父亲和他的两个兄弟把业主们赶走。他们把所有的建筑改造成新的大楼，其中就有孟买皇家酒店。"

"这样的工程估价多少？"

"很难估价，建筑遗产，酒店开发……总之很多钱。"

"你拥有其中的三分之一……"

"你想表达什么？"

"你继承了一座宫殿，就连旁边五星级的马克酒店和卡莱尔酒店都无法与之相比。为什么还要坐十七小时的飞机来到一群外国投资商面前筹钱，最多也就能筹到两千万美元，明明任何一家印度银行都可以借给你这个数目啊？"

"因为我不想欠债。如果我需要拿一部分股权作为贷款的抵押品，那么我就不得不去寻求家族的帮助。"

"好吧，我相信你。我去灭火，消除我老板的疑虑，你全权委托给我。作为回报，如果我成功地筹集到你需要的资金，你带我走。"

"去哪儿？"

"去印度，那个新技术和有机乳制品的天堂！如果之后你的公司变成了市场上的香饽饽，那我可要拿丰厚的佣金。我要财务总监的职位、公务房，还有股权！"

桑吉嘲弄地看着山姆。在他那副精明的设计师外表下，隐藏着一个谨慎的谈判者。

"好吧，但是没有你要的公务房。"他回答他，然后握住了他的手。

◆◆◆

桑吉走出山姆的办公室，寻思着如果是他父亲，他会怎么选：他是会站在他这一边，还是会放弃这场自相残杀的战争？他来到华盛顿广场公园的小径散步。

纽约大学的学生们占领了草坪，远处孩子们在游戏区玩耍，下象棋的人一副与世无争的表情，偶尔因为一局棋争执起来，喷泉旁边一位女舞者在练习阿拉贝斯克舞姿。但桑吉想见的年轻女子缺席了这幅欢快的画面。

◆◆◆

克洛艾长时间地凝视着衣柜里唯一的一条长裙。那是母亲去年送的礼物，母亲求她一起去参加慈善晚会。前布龙斯坦夫人喜欢参加这种上流社会的社交晚会，一方面是为了炫耀她的雕塑家男伴，另一方面是为了推销他的作品。今晚，克洛艾是为了朱利叶斯穿这条裙子的，他为贝特·米德勒①深深着迷，她将会在百老汇重新演绎《你好，多莉！》

克洛艾很少去剧院。她总是在最后一刻才混进去。灯光熄灭之后，她担心她的轮椅会挡住其他人的路。今晚，她要出现在灯光下，朱利叶斯是个美男子，如果运气好的话，她还会遇上熟人。

她抓住一根棍子——用来取衣柜里挂着的衣服——以熟练的姿势把裙子摆放在床上。

"我们现在到底是什么样的关系呢？"她来到浴室，念念叨叨。

她准备化妆，用睫毛笔涂睫毛，用粉扑修饰苍白的脸颊，看着口红犹豫不决。

突然，她明白了些什么，很气愤地坐着轮椅来到客厅，给朱利叶斯打电话。

---

① 译注：贝特·米德勒（Bette Midler），1945 年 12 月 1 日出生，美国著名歌手、演员，曾两次被提名为奥斯卡金像奖"最佳女主角"的候选人，并获得了三座格莱美奖、四座金球奖、三座艾美奖和两座托尼奖。

"你准备好了吗？"他问道，"我马上坐出租车来接你。"

克洛艾不说话。

"如果你想的话，"他继续说，"看完演出，我们去你喜欢的中国餐厅吃饭，那里离舒伯特剧院不远，我们可以走着去。"

克洛艾一直保持沉默，朱利叶斯有些担心。

"出什么事了吗？"

的确如此，发生了一些事情。

里韦拉先生发生了事故。

"真是糟糕的消息，尤其是对他来说。我希望不会太严重吧？"

"我刚刚告诉你了，他摔断了一条腿。"

"打上石膏，他就会好起来的。我明白你的心情，但你不能将全世界的痛苦都扛在你一个人肩上。"

"我不认为大腿骨折可以被归入全世界的痛苦之列，"她很冷漠地回复，"我只是想说里韦拉先生是夜班的电梯服务员。"

"所以呢？"

"如果他不在，晚上就不能坐电梯。我可以在迪帕克下班前去大堂等你，但回来就有点麻烦了，反正……我不算太重，你应该可以抱我上楼。"

这一次轮到朱利叶斯沉默了。

"就算对你这样的白马王子来说，也是太累的活儿。"

"我可什么都没说。"

"我注意到了。我会把票价补偿给你，无论如何，这不是你的错。"

"你在瞎说什么，你不需要补给我钱。"

"其实我跟斯特赖桑德一起看过这部电影，我不是很喜欢贝特·米德勒，重要的是你喜欢，别错过。"

叔本华思索了片刻。

"我可以试着把我们俩的票改期。"

"你对我说过很难买到这两张票。"

"这个电梯的问题要持续很长时间吗？你也不能一直锁在房间里啊！"

"你要迟到了，我们改天再谈这个问题。"

"没有其他解决方案吗？"

"告诉我你穿了什么。"

"你会笑话我的，我拿出了旧旧的燕尾服……我看完演出来看你好吗？"

"祝你度过一个开心的夜晚，朱利叶斯。"然后她挂了电话。

克洛艾回到卧室里，脱下了裙子。

布龙斯坦在入口处等，他故意把门弄得很响。

"我在这里。"他大喊。

他待了好一会儿，然后在窗户旁边找到了她。

"你每天盯着这条街看就不会厌烦吗？"

"今晚电视没什么好看的。"她回答。

教授走近他女儿。

"别说了，爸爸。"

"我明天就去找戈鲁拉先生，这种情况不能继续下去了。"

"我可以在家度过几个晚上，这没什么大不了的。"

"你说得对，我不说了，尽管我不会少想，我去给我们准备晚餐。"

克洛艾转过身。

"你到底在想什么？"

◆◆◆

戈鲁拉先生过了个很糟糕的早上。他很后悔之前用计谋拿到了业主委员会主席的职位。因为科林斯夫人拒绝把他租用的二楼的办公室卖给他，于是他就想办法把整栋大楼的管理权拿了下来。直到今天，他没什么可抱怨的。他一直拿着佣金，但没干什么辛苦活儿。但这一次可是中头彩了。住户们一个接一个来敲他的门，甚至都不事先通知。所有人都是同一个问题：什么时候能找到替换里韦拉先生的人？

克莱尔夫人是第一个来的，她的狗有关节炎；然后是布龙斯坦教授，他的女儿晚上只能关在家里坐牢；威廉斯夫妇，他们担心下周要举行的宴会——他们尊敬的客人要怎么上楼呢？泽尔多夫夫人是最后一个来的，她乞求他尽快找到解决方案。她会非常感谢他，不再来打扰他。

跟电梯服务员工会取得联系比去社保局还要困难。他已经留言三次。为什么现在还会有人用电话答录机？戈鲁拉先生永远不会去他们的办公室。他可没时间去布鲁克林街区散步。为了不被人指责，他下午就去寄挂号信，除非……他匆忙离开办公室，叫了电梯，迪帕克马上就出现了。

"您好，先生。"他打开了闸门。

"我们今天早上已经问过好了。"

"您不下楼吗？"

"不，我有个问题要问你。你有合适的人选可以替换里韦拉先生吗？"

"糟糕了，这需要一位专业人士。"

"你们的工会是干什么用的？"

"保护我们的利益，我想是这样。"

"也许某一位退休的同事可以帮个忙？"

"可以吧，我得去问问。"

"我一直在想这事。"

"我明白了，"迪帕克叹了口气，"你想我去负责这件事。"

"如果可以的话就最好了。"

"我尽力而为。"迪帕克承诺。

"越快越好。我拿钱可不是为了处理这种突发事件。"

戈鲁拉回到了办公室，迪帕克来到大堂，非常生气。他在得到会计的指令前就行动了。他在工会的朋友们确认了他的担心。这座城市处于疯狂的扩建时期，就连看门人都很紧缺，更别提找到像他这样熟悉手工操作的电梯服务员，这比大海捞针还要难。工会没有回电话，那是因为迪帕克请他们帮了个小忙，尽管他意识到自己的计谋最多只能起个拖延的效果。再爬上八百六十二千米，他就可以留名史册了。没什么可抱怨的，他一直都很满意生活赐予他的一切。

他还是过了一小时才去见会计。他向他保证工会把这件事放在心上了，一定会尽全力解决，他们正在找人。与此同时，他会加班到深夜，来保证住客们的出行。

"你跟里韦拉先生商量一下，你加班的工资从他的工资里扣除。整栋大楼的支出已经不堪重负，我希望你明白这一点。"

"您不需要付我加班工资。"迪帕克回答他，然后离开了。

◆◆◆

桑吉隔得老远就认出了她，她用一条长长的红色披肩盖住了胯部，遮住了一半的身体。

他坐在她身边的长椅上，听小号手吹奏圣路易斯蓝调。

"不要总是我在我们相遇时第一个开口说话。"克洛艾最终放弃了坚持。

"但你刚刚还是这样做了。"桑吉回答。

"你看起来不舒服。"

"你怎么看出来的？"

"我是治疗师。"

"你不是演员吗？"

"在纽约，只从事一门职业是奢侈的行为。"

"这两份职业都很不错，虽然治疗师这份职业有点悲哀。这个城市越大，就越难找到愿意倾听的人。"

"你是凑巧经过吗？"克洛艾问道。

"不，我想再次遇见你。"

她转过头看着小号手。

"真会撒谎，你是为了他才来的。"

"我在想如果是我父亲的话，他会怎么办，我注意到一个信号。"他的眼神穿过了中国榆树的树枝。

"你认为灵魂会在树林里穿行吗？"

"在那里或在另一个世界。"

"你想问你父亲什么问题？"

"很复杂。"

"复杂的是如何组织问题。"

"果然是治疗师，你没开玩笑啊！"

"那么你相信这些信号。"克洛艾打趣地说道。

"你在这里做什么？"

"我喜欢观察周围的生活。曾经有段时间，在离这里不远的地方，晚上我会去超市散步。在你开口嘲笑我之前请等一下。在那里可以遇见各种各样的人，大学生、夜班工人，还有很多上了年纪的人去那里排遣寂寞。"

"你看起来既不是大学生，也不是上了年纪的人……"

"二十八号大街的约会是什么来着？你答应过，如果我们再相遇……"

"没错，我是答应过……跟银行家的面试，我创办了一个企业，它的扩展需要投资。"

"简而言之，你是个商人。"

"创业者。你真的对我的生意感兴趣，还是只是出于礼貌来询问我？"

"出于礼貌。你的办公室在纽约吗？"

"在孟买。我创办了一个印度版的脸书，但更符合我们的国情。"桑吉很自豪地说道，"那个角色，你拿到了吗？"

"是的。"

"一个重要的角色吗？"

"非常重要！我扮演十个角色。"

"那你用来化妆的时间可长了。"

"我不需要化妆，我扮演的角色观众看不见。"

"什么意思？"

"我是录有声书的。只出声，不出镜，跟默片正好相反，但我觉得这份工作挺有诗意的，不是吗？"

"我从没听过一本书。"

天色变暗，下起了绵绵细雨，雨丝飘落在他们头顶的中国榆树的树枝上。小号手把乐器放进盒子里，离开了。人们往公园出口拥过去。桑吉抬起了头。

"你觉得这是个信号吗？"

"你问他另一个问题了吗？"

"没有。"

"所以这只是一场春雨。"

他提议陪她一起走。但克洛艾说她不需要任何帮助，她会找个地方避雨。桑吉还没来得及回应，她就来到了栅栏旁。她向他挥手道别，消失在第五大道。

# 7

　　戈鲁拉先生在一堆文件里寻找一张旧发票。两年前，他向业主们提议把电梯改成自动化的。当时的供应商给了一个不错的套餐报价。电梯服务员的薪酬开销太大，能省则省。他本来以为大家都会同意，结果不是这么回事。老式电梯代表着另一种生活方式，这栋大楼的住户非常依赖这种方式。布龙斯坦先生反对辞退迪帕克先生和里韦拉先生，他认为他们如此忠心地为大家服务了这么多年，起码要等到他们退休以后再说。威廉斯大人担心大楼的稳定性，克莱尔夫妇不出声，科林斯夫人异常愤怒，她拒绝继续听下去，然后离开了办公室，把门狠狠地关上了。莫里森先生询问如果电梯服务员不在的话，谁来按按钮。其他人都不想回答他，于是他投了弃权票。泽尔多夫夫妇在计算票数，跟随大部队的脚步。最后这项提案被否定了。

　　但是会计有购买材料的权利。他试着取消订单，无果，于是他狡猾地将账单分配到日常支出里。是迪帕克收的货。戈鲁拉谎称是以非常优惠的价格购买的零件，以备马达出了问题用来替换，他让迪帕克把箱子放在地下室里。

里韦拉先生的事故给了他一个机会。他等着住客们再也无法忍受爬楼梯。再过几天，他就会取得胜利，人们会称赞他有先见之明。

生性多疑的戈鲁拉现在想去看看那台机器是否还在原地。他走楼梯来到地下室，偷偷摸摸来到存放机器的仓库。

他在金属架子上找到了很多库存。在找遍了整个房间后，他终于在暖气片下面找到了他的宝贝。他把两个大箱子拖出来，检查里面的东西。自动化装备看起来被保存得很好。他很快把盒子盖上，然后推到角落里，悄悄地离开。

◆◆◆

下雨的日子里，街上的泥泞弄脏了入口处的大理石地板。傍晚时分，迪帕克来到地下室，找水桶和拖把。他注意到仓库门口的脚印，寻思着谁来过这里。他的眼睛最后落在两个大箱子上。他猜测谁把箱子打开过。

心情沉重的他上楼清扫大堂。

在他的圣殿里，他尽忠职守，耐心等待所有住客回家。

晚上八点半，迪帕克脱下了制服。湿漉漉的地面在夜色里泛着光。他在半路停下来买了一盒巧克力，然后往贝丝医院走去。他在按电梯按钮时不屑地噘了一下嘴，之后在走廊里大步走着，询问路过的护士，然后在里韦拉先生的病房门口敲了敲门。

"不太疼了吧？"他担忧地看着那条被悬挂起来的腿。

"只有在我发笑的时候会疼。"里韦拉回复。

迪帕克把巧克力放在床头柜上，上面还有两瓶镇痛剂和一本旧杂志。

"我让我们两个人陷入了困境。"里韦拉叹了口气。

"我在控制局面，你看我几点才来。"

"医生说我至少要休息两个月。"

"你没有在楼梯上摔死就是奇迹了，两个月也没那么糟糕。"

里韦拉又叹了口气。

"如果他们知道了实情，会开除我的。"

"他们现在忙着找人替换你，没空管你的事故。"迪帕克回答。

"如果保险公司查起米，他们会发现真相。"

"我都跟你说过了不要担心！我编了一个故事，目前还算靠得住。"

"你看起来脸色不好。"

"对一个打了石膏的人来说，你真不缺少幽默感。"

然后是一片沉静。里韦拉先生犹豫着要不要提那个问题。

"她被吓坏了，如果你想知道的话。"迪帕克回答，"她会冷静下来的。"

里韦拉面色凝重，在床上想直起身来。

"等一下，我帮你把枕头弄一下。"

"我夫人估计也吓坏了。"

"我晚点去看望她。"迪帕克承诺。

"你光是操心我的事就够了，再说她也不认识你。"

"那她不会意识到你失踪了。"

"你要知道，我在想我未来的替换者，不会真的就把我换掉了吧？"

"你在瞎说什么，笨蛋？你的妻子十多年来精神一直不太正常，你把自由时间都奉献给了她。你这一辈子都在工作，在你这个年纪，你还像苦役一样工作。你只不过是在追寻一丝温柔，这也需要被指责吗？"

"这是因为……"里韦拉口吃了，"我想那不仅仅是一丝温柔。"

"是科林斯夫人，还是你自己的感觉？"

"两边都是，我希望如此。"

迪帕克在大衣口袋里翻东西，拿出一个口袋版的侦探小说，放在床头。

里韦拉一把抢过去，脸色恢复了一些，迪帕克似乎看到了微笑。

一个护工走进病房，宣布探视时间结束了。

迪帕克站起来，穿上大衣。

"我明天再来看你。"

"你还没告诉我，你为什么拉长了脸。"

"会计去仓库检查了装备。但我跟你说过，我控制了局面，他们不可以夺走我的梦想。"他来到床边。

"好好休息，有我在。"他拍了拍他同事的手。

他从盒子里拿了一块巧克力，然后离开了。

◆◆◆

迪帕克决定和盘托出。如果他继续拖延下去，拉莉会指责他的。一方面让拉莉知晓他的担忧，另一方面让拉莉不要太担心，这可不是一件容易的事。他夫人的幸福比他的电梯还有他自己的梦想更重要。晚餐最后，在询问过她一天过得如何后，他提了一个无关痛痒的小问题：孟买还有人工操作的电梯吗？

对拉莉来说，这个问题可是个大事件。

回到纽约的那一天

　　我拒绝了救护车的提议，首先我不喜欢坐车。小时候，我们坐爸爸的车去买东西，或者去纽约度周末，一路都是折磨，特别是对我的父母来说。我不知道是因为皮质座椅的味道，还是左右摆动的悬挂物件。爸爸习惯了调节后视镜来观察我身后的车况。我总是带着妈妈在出发前准备的无数个纸袋，爸爸要经常停下来，把我吐满的纸袋扔出去。直到五岁，我一直都是空腹旅行，当我大喊口渴时，我的父母完全无动于衷。

　　直到十三岁，他们再也不敢开车带我去五十千米以外的地方。他们离婚至少有一个好处：妈妈保留了康涅狄格州的房子，那是她买的，爸爸和我搬到了纽约。再也不用坐车了！地铁和巴士是天堂般自由的工具。但交通工具并不是我拒绝救护车护送我回家的真正原因：我是坐火车来到这里的，我早就决定要以同样的方式离开。

　　在站台和火车上，我有点后悔这个决定。没有医护人员帮忙，没有陌生人前来祝贺，只有在我轮椅周围转来转去的游客，他们询问我缺少了四十厘米的腿和缺失的双脚。他们真是大惊小怪。四十厘米只占我身体的四分之一。我认识好些人，他们掉的头发可不止四十厘米了，谁又因为这个惊讶过？坦白说，人体的四分之一又如何？

086

# 8

闹钟在五点十五分响起。跟往常一样，迪帕克会提前睁开眼睛，关上闹钟，免得打扰他夫人的睡眠。他的日常生活被彻底打乱了，因为他夫人居然不在他身边。

"你起得很早啊。"他在厨房里发现了她。

"我一整晚没合眼。"

"你如果失眠，要去看医生。"他喝了一口茶。

"我们需要的不是医生，而是电梯服务员。"

"听我说，拉莉。我们经历过比这更糟糕的事情，也活下来了。我们成功地构建了一个小家庭。我当然想让你过得更舒适，但我已经竭尽全力。如果退休比想象中更早来临，我们还是可以活下去的，只不过我们需要更节省点。"

"那你也听我说。我不喜欢其他方式的生活，我就喜欢现在这个样子。我不喜欢生活发生改变，也不希望你发生改变。我们会找到解决方案，我来接替里韦拉先生。"

"别瞎说。"

"没人比我更了解你的电梯，三十九年来，你一直讲个不停，就像是谈论一个孩子，我可以哼唱它的调节器发出来的轰隆声，可以模仿铃声，还有当你忘了抹油时闸门发出的咯吱声。我觉得花不了多长时间我就能学会如何操作那个手工设备。"

"没那么简单的，你要清楚。"迪帕克有点生气。

他推开椅子，亲吻了拉莉的额头，拿上了大衣。

"比你想象的要复杂得多。"他在出发前补充说。

但当他下楼梯时，他还是很感动，她愿意牺牲她的夜晚来帮助他。

拉莉穿得比平时更正式，照了一下镜子，在迪帕克离开不久之后也离开了公寓。

她挤上了地铁，在联合广场下车。哈得孙山谷的农民们占据了整个广场。市集上摆满了五颜六色的陈列台，过道里挤满了人。拉莉不是来这里买东西的，这个区的价位超出了他们的收入水平。

中国梨树在第五大道的人行道上绽开白色的花瓣。拉莉需要整理自己的思路，找到适当的话语和贴切的语气去达成她的目标。

她在十二号楼前面停下来，深呼一口气，给自己鼓了鼓劲儿，然后抬着头走进了大楼。

迪帕克关上威廉斯夫人乘坐的出租车门，然后赶回大堂。

"你在这里做什么？别告诉我你那个疯狂的主意……"

"说到我那个疯狂的主意，你没资格教育我。我只不过是在你漂亮的电梯里转一圈，你可别连这个要求都拒绝我。"

迪帕克犹豫了片刻，但他不认识比他夫人还固执的人。

"就一次！不能更多！"他嘀咕着。

迪帕克关上闸门，拉莉模仿着它的咯吱声，还有电梯上升时马达的轰隆声。

"你如果是为了搞笑，真是没必要……"

"你可不敢跟你的乘客这样说话，把我送到九楼吧，而且不要多嘴，我希望享受跟其他人一样的服务。"

"可以，那就去九楼转一圈，然后你回家。"他以威严的口气回复。

但是到了九楼后，拉莉让他打开闸门，来到平台上。

"你到底想干吗？"迪帕克生气了。

"我要享受一等服务，你回到底层，我会按铃，然后你上来接我，就像我是这里的住客一样。"

迪帕克寻思着她是为什么生气了，他关上闸门，电梯下去了。

他在大堂里等了好几分钟，但是一直没有铃响，他担忧地上了九楼，结果发现他夫人已经不在平台上了。

◆◆◆

克洛艾邀请拉莉坐在沙发上。

"我去准备一点茶，一会儿回来。"她说。

在如此奢侈的公寓里，拉莉心甘情愿被人服侍。她利用这片刻的时光欣赏着窗外这一片风景。

"这是我的瞭望台。"女主人回来的时候膝盖上有个托盘。她来到窗边，可以看到华盛顿广场公园的拱门。

"住在这里真是太美妙了。"

"坐在轮椅上？"

"我不是这个意思。"

"有什么紧急的事情吗？里韦拉先生的状况恶化了吗？"

"不，是另一个人。"

"迪帕克？"

"你们二楼的会计。"

拉莉讲述了自动电梯的真相，这将威胁到她丈夫的职业生涯。她不知道是什么力量驱使自己来面对这位年轻的女子。她总是能够成功解决问题，她无助的人生第一次有这种感觉。她需要一个同盟——一个可以拖住戈鲁拉先生的人，和她一起找到解决方案。克洛艾在得知了会计的计划后，很难压抑住自己的怒气。

"我还不知道要怎么去反抗他的计划，但请相信我。举棋不定没有任何作用，他会找到借口开脱。要让他名誉扫地。这应该不是他第一次使诡计，我可以悄悄去他的办公室，查找资料。"

"要怎么悄悄去他的办公室？"

"你的丈夫有备用钥匙。"

"迪帕克不能掺和进来。他非常正直……"

克洛艾的轮椅从沙发来到窗边，又从窗边来到沙发。

"我也是，我思考问题的时候也喜欢走来走去。"拉莉意识到了什么，又开口说她很抱歉。

"没关系，我会帮我们赢得几天的时间，我跟父亲谈谈，他总是有好主意。"

"不管你对他说什么，不要把迪帕克牵扯进去。如果他知道我在他背后做小动作，他永远不会原谅我的。"

"你想从楼梯走下去吗？"

"一场事故就够了。"

克洛艾陪拉莉来到门口。

电梯来到九楼，迪帕克给他夫人提供了她期待的一等服务。他不开口说话，在她走进电梯时甚至不看她，默默地护送她来到人行道上。他取下帽子，向她告别，然后回到了柜台后面。就在他刚刚坐下时，口袋里的手机响了。

"还要爬八十八米。"他又上了九楼。

◆◆◆

桑吉和山姆穿过了时代广场。

"你终于不在开会时打哈欠了……你的演讲很有说服力，我差点就想投资了。"山姆感慨道。

"差点可不行。"桑吉回答。

"不要不耐烦嘛，我们还要见二十多个投资者。"

"山姆，我现在是在跟时间赛跑，如果失败了，我就会失去一切。"

山姆拉住了桑吉的胳膊。

"等一下，我有个主意，让那些投资者犹豫不决的是在印度投资。如果我们在美国开设一家分公司呢？"

"我非常缺时间。"

"这里是资本主义的圣殿，开公司花不了几天时间，我可以搞定。"

"要花费多少呢？"

"只需要化点律帅费。只要想到回报率，就不会在乎这点钱。但你得先去做个资产证明，五十万美元就可以，这对你来说没问题吧？"

桑吉想到了克洛艾，在纽约建办公室的想法让他很开心。只有一个障碍：他的财产不是现金。筹措现金的唯一方法就是将他在孟买皇家酒店的部分股份拿去担保。让他的伯父们堵心，这并不是难事。

"好的，"他说，"我马上打电话到孟买，要到你需要的数字。我会组建一个团队来搭建一个适合美国市场的平台，过几个小时我们就知道手里的筹码了。"

"你在说什么，现在是印度的深夜……"

桑吉闻到了什么味道，他耸了耸鼻子四处寻找来源。

"你是兔子吗？你在干什么？"山姆抱怨。

桑吉转过身，发现了一个流动贩卖车。

"孟买从不睡觉，跟我来，你会发现好东西。"

"什么啊？"山姆不安地问道，售货员递给他一个汉堡。

两片面包中本来夹肉的位置换成了一块煎鱼饼，上面还有奇怪的橙色面团。

"如果你想在印度生活，那么先适应一下我们的饮食。"

山姆小心谨慎地啃着面包，感叹于印度汉堡的美味，咽下了口水。四秒钟过后，他的眼睛里含着泪水，脸颊变得通红。他要了一瓶水，一口喝下。

"老兄，你要为此付出代价。"他哽咽着说道。

◆◆◆

克劳德特餐厅的老板非常热情地迎接了布龙斯坦父女。

他弯下腰去亲吻克洛艾，然后来到她身后。布龙斯坦先生不明白为什么克劳德是唯一被允许推轮椅的人。

"你们的桌子准备好了，"餐厅老板向他们推荐普罗旺斯鱼汤，"真是人间美味。"他补充道。

"那么来两份普罗旺斯鱼汤。"教授回答。

克洛艾讲述了白天发生的一切，拉莉的来访，她不知道该怎么阻止戈鲁拉的诡计。

"尽管他背着我们买材料是不可原谅的，"她父亲抗议说，"但电梯装好后你就自由了。"

"你不能这样想！"克洛艾生气了，"那迪帕克和里韦拉怎么办？"

"这不是我的想法，但是我们的邻居们会这样想。我当然会反对，但是我们只不过是八分之一的声音。"

"不对，科林斯夫人会站在我们这边，她还拥有二楼的办公室，这样就有三票了。只需要再说服一个住客就可以保持现状。"

"我们可以试着去说服莫里森先生，一切取决于他开会时是否清醒。"

"开什么会？"克洛艾很担心。

"我不想让你不开心，但是戈鲁拉召集大家参加紧急会议，我收到了一份群邮件，他在里面通知大家说他已经找到了电梯的解决方案——现在我明白他的意思了……"

"什么时候？"

"明天下午五点。"

晚餐结束后，克洛艾要结账，克劳德一如既往地拒绝了，他陪着客人们来到门口。

"你为什么对我们这么慷慨？"克洛艾很坚持。

"我这不是慷慨，是感恩。你的父亲从没跟你说过吗？当我刚开业时，这个区的有钱人嗤之以鼻，给我三个月时间让我关门大吉。他们没说错。最初的几天新鲜劲儿过去后，人们再也不来了。要知道好多个晚上我们只有几个客人。但是布龙斯坦先生非常忠诚，他一直在鼓励我坚持下去，他给我出了个绝妙的主意。"

"我建议在应用程序上给出预订的链接，"教授接着说，"拒绝第一周所有的订单，借口就是餐厅爆满，直到下周一才有位。"

"等到下周一，餐厅坐满了四分之三，对周一的晚上来说还是挺多人的。有传言说克劳德特餐厅很难订位，于是大家都想着怎么去抢位。十年过去了，我们的餐厅还是这么满，除了周一。所以你们永远是我尊贵的客人。"

◆◆◆

那天晚上，大家都很难入睡。也许是因为满月。

克洛艾一直在练习台词，直到凌晨，时不时跑到窗口去观察下面的街道。傍晚时分，她被朱利叶斯的一通电话打断了，他想了解她最新的情况。

威廉斯先生一晚上都在撰写他的专栏。威廉斯夫人在办公桌前画画，她周末前得交稿。

克莱尔夫妇做爱之后，在电视机前休息。

科林斯夫人把鹦鹉拿到厨房里，她大声念了一段侦探小说里的情节，当读到警察为了追捕小偷扭伤了脚踝时，不禁落泪。

莫里森先生用一瓶麦卡伦威士忌来庆祝莫扎特的歌剧，直到凌晨五点，最后他倒在了波斯地毯上。

泽尔多夫夫妇吵架了。泽尔多夫先生在客厅的沙发上忧心忡忡，街上的噪声让他睡不着。他的夫人在床上唱赞美诗，为了之前的大声吼叫而乞求上帝的原谅。

里韦拉先生整个深夜一直在读书。床头柜的镇静剂离他太远了。他犹豫着还是没有按下呼叫的铃铛，因为他小说里的护士给她的病人下了毒。

在东区二百二十五号，一百一十八号大街，桑吉坐在他姑母在蓝色房间里帮他安置好的办公桌前，通过 Skype 跟他在孟买的计算机工程师聊天，在手提电脑里拷贝相关数据。

背靠着他的夫人，迪帕克是唯一不把满月放在心上的人。他呼呼大睡，但也没能睡上多久。

# 第二部分
## 一场密谋

---

　　我说离开家的时候什么都没有失去，这是谎话。
因为我在那里抛弃了一部分自己，这份骄傲让我付出了代价，
直到现在我还会因此受苦。

# 9

"几点了？"迪帕克揉着眼睛问道。

"这时候应该对你的夫人说她是位杰出的女性。"

迪帕克拿起眼镜，坐直了观察拉莉。

"不能等到我的闹钟响吗？"

"我在床上翻来覆去睡不着，你起来吧，我们得谈谈。我去泡点茶。"

迪帕克寻思着他的老婆是不是疯了。

"现在是凌晨四点，我一点都不想喝茶。"他抗议道，"一直以来，我都知道你是位杰出的女性。我一直很感激你选择我做你的老公。但是我可以继续睡一会儿吗？还剩下一点点时间。"

"不可以，听我说，我找到解决方案了。"

"你不是想说你要做夜班的电梯服务员？"

"不是的，但我知道谁可以替代里韦拉先生。"

迪帕克弯下腰看了一眼床底，把枕头拿起来，扯了一下窗帘又拉上。

"你在干什么？"拉莉问道。

"既然你在我们的床上找到了解决方案，那么他应该离我们不远，我就找找看啊。"

"真是太蠢了！"

"你一直说吸引你的是我的幽默感，我则以为是我打板球的姿势……"

"好吧，你想卖弄是吗？那么仔细找找吧，你说得对，他就在不远处！"

"我就担心你这样，"迪帕克叹了口气，"你完全疯了。"

"找到一位有资历的电梯服务员，以满足保险公司的要求，这是你跟我解释的，对吗？"

"没错，但我从来没有跟你解释过。"迪帕克很吃惊。

"事实证明我比你想象的还要聪明！"

"我就是个笨蛋，因为我不知道你想说什么。"

"桑吉！"

"不懂！"

"你跟工会的朋友们说你的侄子是孟买很有经验的电梯服务员，他们会给他一份实习证明。交了这么多年的会费后，他们终于派上了用场。这个可恶的会计不能拒绝这个提议。"

"我现在明白你为什么要去九楼了……你这样说我很感动，但是你的计划里有个小漏洞。"

"这个计划很完美！"拉莉抗议道。

"你的侄子完全没有资历！"

"他在高新技术领域工作，你不觉得他完全能胜任开电梯吗？除非你觉得自己做不了他的老师！传授你的知识本来应该是你的义务，不然我们就不会落入此等困境。"

提到义务，拉莉说到点子上了。迪帕克很生气，但她根本不放在眼里——她要的就是这个效果。

"假设我培训了他，我在工会的同事们也接受了这个提议，他会同意吗？除非你背着我都想好了。"

"我知道如何说服他。"

"那我跟你打赌，我们晚点再商量。"

他取下眼镜，关上灯，然后用枕头盖住头。

◆◆◆

桑吉睁开眼睛，拿起手机。他工作得太晚了，白天的光线没能叫醒他。他一下子坐起来，在浴室里匆匆洗漱完毕，穿着一套正经的西装走出来。为了让山姆高兴，他甚至系了一条领带。

"这个国家的信用度怎么是这样的？我才是有病！"他在镜子前

抱怨着。

他用手机叫了一辆车，然后朝出口走去。

"你穿得真帅啊！"拉莉不禁感慨，"就像一位银行家！"

"我穿成这样就是为了去见银行家。"

"你想跟我吃午餐吗？"

"我今天很忙，改天可以吗？"

"很急，我们必须谈谈。"她恳求他。

桑吉看着他的姑母。不给她时间见面，好像是不尊重她。

"好吧，我想想。我得走了。我们下午五点在华盛顿广场公园见，小号手旁边的长椅上。"

"什么样子的？"

"你会认出来的。"桑吉匆匆下了楼梯。

◆◆◆

山姆的耐心快要耗尽了，桑吉走进了他的办公室，跟他道歉。

"印度的传统是每次都迟到吗？"

"在孟买的确如此，那里的交通比较差，所谓的准时应该就是迟到……"桑吉回复。

"但我们在纽约！"

"在印度我们从不睡觉，我有你需要的数字了，我熬了一宿。"

"那我们快点，我们的客人正在等着我们，我们需要说服他们。"

桑吉一整天都带着他的文件。太阳从东河的第五大道爬起来，又在哈得孙河落下。

下午四点四十五分，布龙斯坦先生早早下了课，穿过华盛顿广场公园回到家。

与此同时，拉莉从对面的门进入公园，她跟着音乐声走。

下午五点，桑吉一脸疲惫地离开了山姆，但他人生第一次觉得乐观。一切还没有定数，但山姆已经预见一个庞大的印度－美国帝国的诞生，这下子桑吉的伯父们肯定会非常嫉妒。

五点零五分，迪帕克把布龙斯坦先生送到了二楼。邻居们都在戈鲁拉的办公室里等着开会，除了科林斯夫人，她委托布龙斯坦给会计的提案投反对票。

五点十分，桑吉在华盛顿广场公园的小径上走着。他把领带扔进了第一个垃圾桶。

拉莉在长椅上等他。

"我来了。"他喘着气，坐在她旁边，"很抱歉我迟到了。"

拉莉的眼神落在小号手放在地上的帽子上。

"我的哥哥一直在吹单簧管吗？"

"吹了一辈子。"

"我们年轻的时候他可烦死人了，有时候我会听他吹，记忆仿佛又回来了。"

"好的回忆吗？"

"当我照镜子时，我看见的不是我自己，而是那个在孟买街头散步的年轻女孩儿。我当年很喜欢挑战权威，向往自由。"

"那个时候的生活就这么辛苦？"

"是很辛苦。虽然感觉不一样，但生活一直很辛苦。"

"你没想过回去吗？"

"我每天都在想，但对迪帕克来说太危险了。"

"有这么夸张吗？你们还是可以回去度假嘛。"

"回去干吗？吃闭门羹吗？我的家人拒绝见我，也不想认识我爱的男人。失去双亲是一场很残忍的考验，但这也是无可奈何的事情。被他们否定，比失去他们更可怕。传统怎么可以取代亲情？我的青春就是一个避难所。蒙昧不过是仇恨的代名词，宗教不过是荒唐的借口。"

"我明白你的意思。"

"你根本什么都不知道。你是个男人，有着高级种姓，你是自由的。我的父亲把我赶走，因为他为自己的亲生女儿感到羞耻，我的兄弟们放任他这样做。我们至少有一个共同点。你和我可以组成一个被人抛弃的家庭。"

"我们才认识没几天。"

"我比你想象的更了解你。我们的相遇不仅仅是机缘巧合。你需要家庭的支持，于是你找到了我，因为你知道我是唯一可以帮你的人，不是吗？"

"也许吧……"

"我很高兴听到你这样说，因为这次轮到我需要你帮个小忙。"

"你说吧。"

"正是时候！你知道迪帕克的同事摔断了腿，这事给我们带来了一些影响。他的雇主想从中获利，顺水推舟安装自动电梯。"

桑吉仔细想了想，不知道这件事跟他有什么关系。

"我想迪帕克认真工作了这么多年，他们不会亏待他的。"他回答。

"越有钱的人就越吝啬，也许他们就是这样积累财富的。但对迪帕克来说，这不是钱的问题，这关系到他的尊严和他的生活。"

"这跟他的荣誉有什么瓜葛？这不是他的错。"

"迪帕克曾经是一位杰出的板球运动员，国家队都看上过他。本来等待他的是一份辉煌的事业，他可以借此跨越阶级屏障，一飞升天，受众人爱戴。但是我们不得不逃跑。曾经是高级运动员的他如今在一个陌生的城市里做电梯服务员。你能想象吗？为了维护他的尊严，你的姑父开始想完成一项壮举。"

"板球？"

"不，更像是登山者，乘坐他那该死的电梯，走上印度楠达德维峰高度的三千倍，三十九年来他一直执着于这个目标。只不过这一次他的雇主想剥夺他的梦想，他就快达到目标了，我不能让他们这样做。"

"为什么是楠达德维峰高度的三千倍？"

"为什么不可以？"

桑吉看到他的姑母一脸正经，他本来好玩的表情变得惊讶。

"我要怎么帮助他完成楠达德维峰高度的三千倍？我要说的是就算是爬梯子我都会头晕。"

"你顶替里韦拉先生一段时间就可以。"

小号手吹完了这一曲，收拾乐器，把好心的路人扔在帽子里的钱币捡起来。

"拉莉姑母，我没跟你说实话。我在孟买有一家公司。我手下有一百多号人。我来纽约是为了扩张我的事业。"

"你的工作太重要，所以没法儿做电梯服务员，是吗？"

"这不是我的意思。"

"你刚刚说的就是这个意思。"

"我不是说我很重要，而是我很忙。"

"你的工作比家人的需求还重要。"

"不要玩文字游戏，你站在我的角度想想。我晚上在电梯里工作的话，白天怎么做事呢？"

"那我给你提个问题。你了解你的员工吗？你认识他们的夫人吗？他们孩子的名字，他们的生日、习惯、快乐或者痛苦？"

"我怎么可能？他们有一百多号人。我跟你说过的。"

"你站在高处，当然看不见下面的。迪帕克了解那栋大楼所有住户的生活。他们大部分人把他看成是万能的，他一直照看着他们的起居，他也许比他们自己更了解他们，他保护着他们。迪帕克是个摆渡人。你又是什么人呢？"

"我不会质疑你老公的人格，如果我给了你错误的印象，我向你道歉。"

"给我一分钟。"拉莉在包里找东西。

她从钱包里拿出一枚二十五美分的硬币，把它放在桑吉的手心里，然后把他的手合起来。

"转过你的手，然后打开。"她命令道。

桑吉按照她说的做了，硬币掉到了脚边。

"在你死的那天，你的财产就是这么多。"

说完这些话，她走了。

桑吉满头雾水，捡起了硬币。他抬起头看着中国榆树的树叶，更加迷惑了，然后他跑着追赶他的姑母。

"几个晚上？"他问道。

"几周而已。"

"我没想过在纽约待这么长时间。"

"如果你想，你就能做到。你这么重要的人应该享受这点自由。"

"我不是故意冒犯，但你真是很会操纵人心。"

"谢谢你的称赞，你以为你是从树上掉下来的？那么，你是同意还是不同意？"

"十个晚上，在那之后你得找其他人。"

"我尽力吧。"

"一声谢谢就足够了。"

"你才要谢谢我，我确定这段经验对你很有益处。"

"我不知道会怎样。"

"你不是创建了一个系统让大家聚集起来？"

"你怎么知道的？"

"我'酷狗'过你。"

"什么？"

"我打开电脑，寻找关于你的消息，你还说自己是在高新技术领域，结果居然不知道'酷狗'，真是让人操心！"

"那是谷歌！"

"我刚刚说的就是这个！你的野心是让大家聚集起来，这就是个认识他们的好机会。去见迪帕克吧，你需要几天时间接受他的培训。我们一旦拿到你的实习协议，一切就步入正轨，你就可以开始上班了。"

"什么实习协议？"桑吉很担忧。

拉莉亲吻了他的额头，然后夹紧手提包离开了。

回家的那一天

坐火车在宾夕法尼亚站下车之后，我不敢再坐地铁。我从康涅狄格州出发时是非常珍爱地铁的，但现在我对它只有害怕。那里永远挤满了人，我担心在人群里窒息。

我现在需要学会在另一个水平线上生活，我的视线定格在身边人群的膝盖那里。怎么能怪其他人挤了我？奇怪的是，那些低头玩手机的人反而没那么危险，他们低着头走路，我会出现在他们的视线里。

迪帕克在人行道上等我，一如既往，他帮我打开出租车的门，那一句"你好，克洛艾小姐"完全没变。爸爸把小木板递给我，他去后备厢拿轮椅，在打开轮椅之后，把它放在我身边。我慢慢滑行了一段，迪帕克的目光如此平静，在他看来一切都是那么正常。

"他们很高兴看到你回家。"迪帕克低声说道。我没有完全明白，当他抬起头时，我追随他的视线，发现我的邻居们都站在窗户边：威廉斯夫妇、克莱尔夫妇、泽尔多夫夫妇、戈鲁拉先生，甚至还有莫里森先生。

　　科林斯夫人在大堂等我，她总是那么开心。她拥抱了我，还亲吻了我。爸爸想在我上去之前把公寓的门打开。迪帕克送他上去，科林斯夫人跟我在一起。她很安静，当我们听到电梯下来时，她来到我耳边说了一句：你真的很美。这就像是我们之间的秘密。她的神色看起来如此认真，我相信她。

　　迪帕克握住了轮椅的扶手，我要习惯别人这样做，我现在没有双脚，只有轮椅的扶手。这个概念很重要，过一会儿，我得感谢迪帕克让我明白了这一点。我们把科林斯夫人送到了六楼。在七楼时，我看见迪帕克哭了，我握住他的手，这个举动在我还是个小女孩儿时经常出现。也许是我们在这个小房间里的高度差让他触景生情了。我跟他说这一天见过的泪水已经够多了。他擦干了眼泪，向我发誓再也不会这样。当我们来到楼梯平台时，他没有推我的轮椅。他在他的操作杆后面对我说："在大堂里，那是我最后一次推你。你不需要我，也不需要任何人，你走吧。"

　　我从电梯里出来，迪帕克跟我挥手再见，他眼神里的尊严让我明白我是一个完整的女人。从那以后没有人可以碰我轮椅的把手。在"十四点五十分"事件之前，牵我的手并不是一件容易的事，只有朱利叶斯和父亲才可以牵我的手。

# 10

开完会之后，迪帕克把住客们从戈鲁拉的办公室送回到他们家。他很早就学会了解读他们脸上的表情。克莱尔夫妇上到七楼，脸上一副怜悯的表情。泽尔多夫夫人一脸尴尬的表情，莫里森先生一路沉默，教授也是一脸沮丧。

大楼的门铃响了，迪帕克跟布龙斯坦先生告辞，然后下到一楼。

◆◆◆

克洛艾在客厅里等她的父亲。

"莫里森反悔了，泽尔多夫夫人花了很多心思让他明白他可以按按钮，就连喝醉了也可以按。"

"是那只母青蛙干的？"

"克莱尔夫妇也被说服了。如果还没有买机器，我倒是可以反对，但事到如今，我也没法儿反对他们寻求自由的需求。"

"他们的自由？"克洛艾生气了，"他们可不缺少空气！"

"他们爬楼爬怕了。"

"没有人指责戈鲁拉吗？"

"没这么容易，不过我成功说服了他们给迪帕克和里韦拉先生多付一年的薪水。但这对我们来说就麻烦了。戈鲁拉强调说我们要多付一笔钱来支付这笔额外的开销。我不知道去哪里找这笔钱，你也不要去找你的母亲帮忙。"

"总的来说，这个会计不仅毁了迪帕克和里韦拉先生的生活，还毁了我们的生活，真是气死了！"

"我尽力而为，我要出发去做一轮演讲，我不想留下你一个人，但我别无他法。"

克洛艾问她的父亲，还有多久，他们的大楼就不再和原来一样了。

"也许不会改变太大。"教授悲伤地笑了。

"以后我们每次走进电梯就会说：'跟以前不一样了……迪帕克和里韦拉先生还在的时候。'"

"也许吧。"布龙斯坦先生同意，"但我们还有几天时间可以好好利用。"

客厅里的灯光弱下来，天色变暗了。窗户开着，能听到风吹过树木发出的沙沙声。

"我要回学校了，可能会遇上暴风雨。"布龙斯坦先生抱怨道。

克洛艾准备关上窗户。大颗大颗的雨滴就像一串串铜钱，落在人行道上，便利店的送货员一边推着一辆装满了食物的小推车，一边跑着，一个穿着深色西服的男子消失在伞下，一个穿制服的门卫在大楼的遮雨棚下避雨，一个保姆推着一辆高级童车疯狂地跑着。一阵狂风将梧桐树吹得东摇西摆，把一位女士的报纸吹到了她头上。从被雨水冲刷过的窗户看过去，第五大道就像是透纳①笔下的油画。

"我担心你的旧雨衣无法抵抗如此大的暴风雨，你的学生们会嘲笑你的。"

"我的学生们经常嘲笑我的外表。"教授在门口的台子上拿了钥匙走出去。

克洛艾没有留意到他的离开。她非常气恼，父亲要牺牲自己的健康，在炎炎夏日跑遍全国做讲座，而戈鲁拉可以坐在他的空调房里。她灵光一闪，跑到电脑前，开始搜索资料。

◆◆◆

桑古在铁门后面等着，从头到脚都淋湿了。

"你看你这样子。"他的姑父打开门，叹了口气，"我很想让你进来大堂避雨，但我求你先在垫子上把水抖一抖。"

"我不是来避雨的，拉莉什么都没跟你说吗？"

"说了，但是……我没想到你会接受。"

---

① 译注：约瑟夫·马洛德·威廉·透纳（Joseph Mallord William Turner），是英国最为著名、技艺最为精湛的艺术家之一，19世纪上半叶英国学院派画家的代表，以描绘光与空气的微妙关系而闻名于世，尤其对水汽弥漫状态的描绘有独到之处。

"没事。"桑吉咕哝了一句。

"再说她也没给你别的选择。来吧，跟我走。"

迪帕克走在桑吉前面，一直来到地下室，他打开里韦拉先生的柜子，那里只有一套便装。

"没事，我再去帮你找一套。"

"什么？"

迪帕克拿了一条毛巾，递给桑吉。

"把身上擦干，我们开始参观吧。"

"我要穿得跟你一样吗？"

"你在学校时不穿校服吗？"

"穿，但我长大了啊。"

"你穿上制服会比现在更帅。你也看到了，工具都在这间屋子里，如果下雨了，比如今天这样，你就要下来找工具去清理大堂的大理石地板。"

"太精彩了！"

"你说什么？"

"没，没什么。继续。"

他们回到了一楼，迪帕克向他解释说他不可以坐在柜台后面，尤其是有访客或者是住客在的时候，只有在大堂没人的时候才可以，而且每次离开时都要锁好大楼的门。

"过去曾经有一个门房，但是他的工资太高，他们就把他辞掉了。你很快就能区分两种不同的铃声，一个是入口处的，一个是电梯的。"

"如果我在电梯里面呢？"

"所以你必须动作迅速，不能拖拉。晚上，很少会有两位住客同时需要电梯，有时候快递员会给他们送外卖，除此以外很安静。当然，如果威廉斯夫妇要接待客人，那就比较复杂了。克莱尔夫妇很少出门，泽尔多夫夫妇从不请客。莫里森先生总是在午夜时分回家，你要照看好他，在那个时间点，他没法儿自己把钥匙插进门里，千万不要开口说话，不然你会腰疼的。"

"这是什么意思？"

"如果你拖拖拉拉，他在电梯里睡着了，你就得把他拖到床上去。相信我，他比你想象的更重。"

迪帕克在电梯前停下来，跟桑吉解释了这门职业的三条准则。然后他打开闸门，请他进去。

"这个手柄是个转换开关。当你往右边推时，电梯就上去了，往左边推，电梯就下来了。这个马达没有配备校准器，也就是说由你来控制速度，让我们停在想去的楼层，务必平稳到达。为了做到这一点，你必须在离终点一米的位置时将手柄置于平衡点，然后再推一格，只需要轻轻一推，到最后关头，又推到平衡点……然后就是滑行。"

"滑行？"

116

"最后几厘米！"

"比我想象的要复杂些。"

迪帕克哈哈大笑。

"复杂多了。我们来看看你的本事。"

桑吉把手放在手柄上，但迪帕克按住了他的手。

"最好先把闸门关上。"他叹了口气。

"那是当然。"桑吉回复。

"你来吧。"

但是桑吉用尽了全力也没法儿让闸门滑动。

"要先打开插销，然后轻轻地推，让门滑进轨道里，不然会错位的。"

"现在已经是二十一世纪了！"桑吉抱怨道。

"在这个世纪，有些人的十根手指除了敲键盘就不会做别的事情了。"

两个人交换了眼神，各有所思。桑吉在成功地关闭闸门后，再次控制住手柄。

"你别忘记戴上白色手套，这样的话你就不用每次去擦上面的指纹，铜器是很容易留下印记的。来吧！带我去九楼。"

电梯停了一下，然后全速上升，桑吉吓了一跳。

"这是调节器，不是F1赛车的踏板。马上降两格！"迪帕克命令他。

效果马上显露出来，电梯的上升变得平稳起来。桑吉把手柄放在平衡点——电梯突然停下来——往后一格——电梯下降十厘米——往右——电梯上升——然后再往中间。

"比平台低五点六五米。不错嘛!"

"你太夸张了,差不多十厘米而已。"

"五点六米,我们现在在八楼,不是我想去的九楼。看你是否能让我们上一层楼。"

"我想请你先演示一下。"

迪帕克哈哈大笑,他完美地演示了一番。

"好吧。"桑吉承认,"是很复杂,但我是来这里帮你的,给我留点面子吧,不然我走了。"


一小时过去了,电梯一直在运行,首先是师傅操作,然后是学生上手。桑吉最终掌握了这台机器的操作,最后的停靠虽然还不算完美,但在走了二十多个米回后已经改善了很多。他成功地将电梯停在离七楼还有两厘米的位置,然后让电梯安稳地停在了一楼。

"第一次这样差不多了。"迪帕克建议,"你现在最好走吧,住客们要回家了。明天同样的时间,我们继续培训。"

迪帕克陪桑吉走出去。雨停了。在遮雨棚前,他看着桑吉消失在夜幕中。

"不用感谢我。"他咕哝了一句。

他拿出大衣里的笔记本，在上面认真地记下了一千八百五十米，那是他刚刚陪他的侄子走过的路程。

◆◆◆

克洛艾下定了决心，父亲、迪帕克和里韦拉先生的命运都取决于一台愚蠢的机器，或者说是未来几天要安装的机器。本来只是一个想法，现在变成了一个必须执行的计划。需要有人去实施这个计划，可是她个人的情况不允许。父亲是不会同意的，让迪帕克帮忙太冒风险，他会是第一个被怀疑的对象，他得有个坚实的不在场证明。基于这个原因，她也不可能去寻求拉莉的帮助。在选择同谋者期间，她决定明天去买工具制作犯罪武器。她用网上搜索来的信息酝酿着一场完美的犯罪。

◆◆◆

中午，克洛艾从布劳斯坦五金店出来，来到格林威治大道。三号大街的五金店本来更近，但那里是父亲经常去的地方，他在那里修理烤面包机、电动咖啡机，或者是漏水的水龙头，甚至仅仅是换灯泡，她不想冒任何风险。

半个小时后，朱利叶斯要去大学的自助餐厅吃饭。她需要花费更少的时间比他先到达那里。

到那里时，克洛艾发现他已经坐下了，而且身边还坐着一个她不认识的年轻女子。

双方互相介绍自己，艾丽西亚是叔本华手下的助教，她先走了，留下他们两个。

"真不错啊！"

"谁？"年轻的哲学教授问道。

"你的沙拉。"

"你别胡思乱想。"

"我本来没想什么，是你自己问的是谁。"

"你觉得培训这个助教很有趣吗？好像我的工作还不够多似的。"

"的确很辛苦吧，但我来这里不是跟你吵架的，我有一件事需要你帮忙。"

克洛艾向他解释了她希望他做的事情。他在将近半夜的时候来到她的楼下，她把大门钥匙从窗户扔下去，十分钟后，他在参观过地下室后就可以回家了，没人会看见他。

"你不是认真的吧？"

她一直不说话。他推开他的盘子，紧紧握住她的手。

"自从电梯出事故后，我们没法儿一起度过一个晚上。现在你终于可以找回自由了，你居然想浪费掉这个机会？你到底想做多久的囚徒？这不会是你不想见我的借口吧？"

"我的囚室在九楼，不是在一座坚固的城堡顶上，你只需要爬上来。"

"我每晚都想去，但快要小考了。"

120

"那我请你做的事情你应该能搞定。你有那么多个晚上可以工作，不要错过这件好事。"

"绝对不行！"朱利叶斯大声抗议，"触犯法律可不是我的准则。"

"道德准则呢？你用它做了什么？"

"拜托，不要用这种一年级学生的伎俩。如果你想跟一个哲学家打嘴仗，至少让我帮你引用一句孟德斯鸠的话吧：'只有能自由去做的事情才能做得更好。'这在我看来是一个非常蹩脚的借口。"

"我也许是你最差的学生，但我开心。"克洛艾推动了轮椅。

她离开了自助餐厅，朱利叶斯追着她来到了走廊里。

"这个计划行不通的，他们会明白这是蓄意破坏。"

"他们什么都不会发现，我仔细研究过我的计划。"

"他们会起诉那个电梯服务员。"

"他会有不在场证明，因为他是无辜的。"

"你最多只能赢得几周的时间。"

"对你来说倒是清净，你在抱怨什么？"她使劲推轮椅，想走得快点。

"别这样，我感觉自己一直坐在被告席上！这个夏天结束时，我就要转正了，今年对我来说很重要。是的，我是个工作狂。当你忙着给你的迷你电视剧配音时，我有抱怨过你的缺席吗？当你在西海岸时，我有数过天数吗？我尊重你的工作，承受着孤独。"

她突然把轮椅停下来，转过身。

"我的迷你电视剧吸引了上百万的听众，有多少学生选你的课呢？我们的生活发生了变化，而你留了下来。但是，我不能永远感激你，并为此感到愧疚。"

朱利叶斯抚摩了她的脸颊。

"只有能自由去做的事情才能做得更好。"他重复了一遍，"跟你在一起，我觉得很自由。"

"把这种招数拿去对付你的女学生吧，忘记我说过的话，我可不想你破坏了自己的原则。"

"你也要忘记这个计划。试着想想好的一面：当自动化电梯装好后，我们就可以一起出门了。"

"你说得很有道理。"她平静地说道。

"讲理是我的职责所在。"他一脸和气的表情。

他向她许诺晚上给她打电话，他们可以通过屏幕，面对面吃晚餐。他偷偷地亲吻了她，此刻学生们拥向走廊，朝教室走去。

克洛艾沿着华盛顿广场公园走着，走在四号大街上。她很失望，跟朱利叶斯的想法相反，她完全没有放弃这个计划……

◆◆◆

里韦拉在观察迪帕克，后者在躺椅里昏昏欲睡，里韦拉本来想让迪帕克睡的，但他无聊了一整天。

"谢谢你的书。"他抬高了嗓音。

迪帕克跳起来，坐直了。

"你很清楚这不是我送的。"

"但是你带过来的。"

"侦探小说你看不腻吗？"

"不会，挺打发时间的。"

"每次都是同一个桥段，一场犯罪，一个酗酒的警察，一场调查，一场无疾而终的恋爱故事，最后，一个罪犯。"

"我就喜欢这个套路，乐趣在于比警察早一步破案。"

"一个大胆的小说家就应该让大家都猜不到谁是凶手。"

"你的这个想法跟往常不一样。"

"老兄，再过几天，我们的日子就会发生翻天覆地的变化了。"

"既然木已成舟，你为什么还要浪费时间去培训你的侄子？"

"我跟你谈论他的冒险时，你不是笑得很开心？"

"好吧，我承认……"

"你会觉得很蠢，但几年后，谁会记得我们，记得我们做过的事？你没想过有多少职业就这样消失掉？谁会记得从事这份职业的手艺人的骄傲？比如点亮路灯的人，那些人几个世纪以来点亮了整座城市，他们拿着杆子跑遍所有的街道，我在想他们跑了多少千米。那可是职业生涯最精彩的记录。突然一下子，就像火花一样消失，帷幕落下，一切戛然而止。有多少人知道他们存在过？你要知道，我想在印度还有不少我们这样的电梯服务员。当我的侄子回到那里，遇上其中一个时，他至少会想到我。只要他想到我，我就存在。这就是原因。为了在被人遗忘之前争取一点时间。"

里韦拉一脸严肃地看着他的同事。

"所以说，在我埋头钻研侦探小说时，你却投进了诗歌的怀抱？"

迪帕克耸了耸肩，里韦拉把他叫到床头来。

"你想让我帮你把枕头弄一下吗？"

"不关枕头的事。把我挂在衣柜里的制服拿去，在那边。你拿去干洗店洗一洗，然后拿给你的侄子。他的培训要正规点。你告诉他这套衣服属于安东尼奥·里韦拉，他从事这一行三十年，你要一直重复这个名字，直到他记住为止。"

"你就放心吧。"

"记得给我带巧克力。"

迪帕克走到床边，拍了拍里韦拉的肩膀，拿走了他的制服，然后离开了医院。

◆◆◆

克洛艾刚刚挂掉电话。父亲打过来说他会晚点回来。她的手机又响了，是朱利叶斯的号码，她拿起了一本书。

这一章讲的是朋友们在汤普金斯广场的草坪上野餐。

她看着看着就出神了。她无比怀念她在东村的小公寓,还有那里的一切。去 B 大道和四号大街交叉处的熟食店买东西,去七号大街吃冰激凌,去十号大街的小古董店,去中国商店花 15 美元做美甲,去 MAST 书店找二手书,它是 A 大道上一家热闹的书店,还有去几步之遥的酒窖和她最爱的酒吧"晚安索尼",只不过那个酒窖的入口太窄了。她怀念的不仅是那个地方:换个街区,就换了一种生活方式。她上一次跟朋友们去酒吧是什么时候?他们中有多少人去医院看望过她?一开始有很多人来访,电视上播报着跟她有关的新闻,几周后还有十几个人来访,与受害者的命运相比,人们更加关注罪犯的下场,几个月后,大家对受害者的关注热度彻底消退。纽约就是这样一个快节奏的地方。

她可以试着跟其他人保持联系,但她退缩了,也许是出于骄傲。

◆◆◆

在楼下,威廉斯夫人非常高兴,她终于可以举办她的晚宴了。这栋大楼又找回了它往日的辉煌。既然住在这样一个高档社区,为什么不好好利用呢?戈鲁拉先生一副得意的神情。

"你觉得我们要送他一份礼物吗?"她询问她的丈夫。

"给迪帕克?"他在客厅里读书。

她抬起头,穿过走廊,来到了厨房。

"你想出门走走吗?"她的丈夫问道。

"然后在宵禁之前赶回家吗？不了，谢谢。还要找一个愿意爬七楼的保姆……"

克莱尔夫妇以前是很喜欢去电影院的。

科林斯夫人在跟她的鹦鹉面对面吃完饭后，把笼子拿到了卧室里，放在床头柜上，那里曾经放过里韦拉先生的眼镜。

她继续读她刚买的小说，不相信护士是有罪的。

莫里森先生用唱机放普契尼的《图兰朵》，当《今夜无人入睡》响起时，他喝了一口威士忌，然后去唱片架上寻找贝多芬的歌剧《费德里奥》。

泽尔多夫夫人晚上十点给他打电话让他小点声，然后躺着看特纳经典电影频道播放的一部黑白片。

# 11

录音室位于十七号大街一栋工业大楼的六楼。克洛艾上了一台送货电梯，里面比她住的大楼里的电梯不知道大多少倍。电梯员只是按下了按钮，给他提供那份夜间工作是无法解决问题的。

进入录音棚并不是一件容易的事。双层门是反向的，而隔间又太窄。录音师要把她抱起来，放在话筒前的椅子上。为了避免复杂的搬运过程，她宁愿待在里面吃午餐，有餐盘就可以了。录音棚对他们两个来说太挤了，录音师很识趣地来到录音棚外面吃，他把话筒打开，让两个人可以交谈。

"我们今天早上干得还不错。"她一边嚼三明治一边说。

话筒把咀嚼的声音放大了。

"看起来是一部喜剧。"她很开心，在他理解她为何开心之前，她放低了声音。

"我有个表哥也是坐轮椅的。"他说道。

"哦。"

"摩托车事故!"

克洛艾总是对同类人的遭遇感兴趣,就像是找到了同谋。有一天,她在朱利叶斯下课的时候去找他,一个大学生看到她坐轮椅说她很酷。"我没有注意到不同。"他补充说。"你没必要这样跟我说话。"她回答他。她每次都要表明自己的立场。其实其他人心思不坏,他们这样做是想掩饰自己的尴尬,在她面前尽可能表现得公正。

"你能记住台词真是太棒了。"录音师继续说,"你大声读出来应该很高兴吧。当我闭上眼睛时,我感觉自己身处剧院。但这是一本书,你明白,需要时间去体会,读者也是。"

"你经常读书吗?"

"我每次打开书都会瞌睡。但是我经常录音。这不过是个建议。来吧,我把托盘拿走,我们继续。"

他这样说也许考虑不周,不管怎样,他是个热情的人,也是出于一片好心。

◆◆◆

戈鲁拉先生吃完午餐回来,他让迪帕克有空的时候来找他。迪帕克预计到了这场对话的沉重性,他宁愿快刀斩乱麻。

"这个时间段没什么人。"他跟着他来到办公室。

128

戈鲁拉让他坐下，但迪帕克宁愿站着。

"我什么都做不了。"戈鲁拉一副懊恼的表情，"你要明白自从你的同事出事以来，我们这些住客心里可烦恼了。"

迪帕克心想，他嘴里的"我们这些住客"是想说明他们是一条战线上的，想让人觉得他们都很倒霉，这个会计真是会算计。

"我无所谓，我下午就下班了，但是其他人……就麻烦大了。我真的尽了全力，你要考虑一下可怜的布龙斯坦小姐，等你下班离开后，她就得关在自己家里。这种情况不能继续下去，我也没有收到你们工会的任何消息。所以他们决定要安装自动电梯。"

"全票通过吗？"迪帕克问道，全然没有往日的内敛。

"早川夫妇在加利福尼亚州，还有科林斯夫人没有参加。但是……大部分人都通过了。"戈鲁拉叹了口气。

"还剩多长时间？"

"哎哟哎哟，"会计嘲讽起来，"你说话的语气就像是得了一场绝症。正好相反，你们会享受一场光荣的退休，新生活在等着你们。我还帮你们争取到了优厚的补偿金。一年的工资啊！这样可以解决你们的麻烦了吧，不是吗？"

"对于里韦拉先生，你为他争取到了什么待遇？"

"六个月的工资，其实差不多了，因为保险公司会支付他住院期间的工资。"

"你现在还不能解雇他！"

戈鲁拉一副若有所思的样子。

"我已经争取了六个月，相当不错了。"

"三十年的服务啊！"

"这是我能申请到的最好的赔偿，你要看看他们的脸色，当我要他们额外缴纳一笔费用来补偿你们的损失时，他们可不乐意了。"

"你还是没有回答我的问题，什么时候开始安装？"

"如果运气好，电梯安装工人这周四有空的话，工程只不过需要两天时间。你还有一周，我希望你能帮助他们，他们需要你的协助。周五来见我，我给你结账。我保证是一张令人满意的支票。"

迪帕克向会计告别。他来到仓库，怒气冲冲，很想毁掉那两个即将改变他生活的箱子，但这只不过是瞬间的想法，不久以后，他又回到了大堂的柜台后面。

◆◆◆

当克莱尔夫人从理发店回来时，她不知道该不该询问迪帕克，以往她都会询问他对她发型的看法。闸门的咯吱声和马达的轰隆声是他们一路上到七楼时唯一的噪声。

威廉斯夫人下楼的时候，一直在抱怨她的女佣坐骨神经痛，不能来上班。迪帕克把她的包裹一直拎到了厨房里。她找准了词告诉迪帕克她下周请客，等他离开后她大舒一口气，庆幸自己没做蠢事。

克洛艾在下午四点离开了录音棚。在这个春日的下午，她更想坐出租车。在录音棚里关了六小时后，她已经筋疲力尽。

当她走进大楼时，迪帕克赶紧冲过去，扶住了她的轮椅。

"不要争辩，你的脸色看起来很苍白。"

"你的脸色也比我好看不到哪儿去。"

"我每晚都去看里韦拉先生，晚上没怎么睡。"他回答。

跟她在一起，不需要刻意假装些什么。这是今天的第二次，他破坏了他的工作准则。

"我知道你投了反对票，你父亲试图反抗，不要担心我的事情，小姐。"

"你知道拉撒路对耶稣说了什么吗？"

"不，我不知道。"

"站起来，继续走！别为我担心，将要发生在你身上的事情也是一种奇迹！"

迪帕克看着她，神色迷惑，他打开闸门。

"我想这难道不是耶稣对拉撒路说的吗？"

她笑了，克制住自己想要把计划说出口的冲动，如果迪帕克开始怀疑她的心思，那么就得马上开始行动。

◆◆◆

　　桑吉安排好接下来的见面，跟山姆告别，但并没有跟他解释为什么会在会议中途离开。他急匆匆穿过华盛顿广场公园，瞥了一眼长椅，然后继续加快脚步。他迟到了。是什么促使他答应这件事的呢？还是想着好的一面吧！脱下这身紧巴巴的西服，穿上电梯服务员的制服，的确是一件趣事。如果他以后有了孩子，他可以告诉他们这个有趣的故事，这件事还可以为他们树立榜样。还有件好玩的事，那就是等他回到孟买，走进皇家酒店这样的老式电梯，他可以向他的伯父们展示他的熟练技巧……这都得感谢他们的妹夫。幽默比讽刺来得更有效果。

　　快到第五大道十二号楼了，桑吉想到了自己愿意帮忙的真正原因，他在想怎么会有这么巧的事情。如果克洛艾知道他接受这个疯狂的使命是为了接近她，她会害怕吗？


　　干洗店的送货员送来了里韦拉先生的制服。迪帕克把它挂在柜子里。他怪罪自己没有信守对他同事的承诺，但他更不想住客在电梯里遇见一个穿制服的陌生人。该怎么解释这一切？这场闹剧将要画上句号，但迪帕克还想多给自己一点时间。拉莉感到非常幸福，她的主意拯救了他们的未来。迪帕克没有勇气告诉她真相。等工人们开始安装时，他周四晚上回去再告诉她。

桑吉迟到了半个小时才出现在大堂。迪帕克本来想责怪他，但他不想做得太过分。他把他带到地下室，在电梯前面给他上了一堂机械课。检查保险箱、调节器的带子，给导管上油，所有的步骤都过了一遍，直到桑吉提醒迪帕克说他当初接受的任务可不包括电梯维修。

"这是常识啊！"迪帕克生气了，"如果保险丝烧了，你最好知道在哪里换、如何换。"

"说得好，我还真不知道，特别是当我被困在两层之间时。"桑吉回答。

"你要一直带着这个手机。还有一件事，克洛艾小姐够不着平台上的按钮，当她需要用电梯时，她会响一下电话，你不用接，直接去九楼接她。"

"九楼的年轻女子……"他慢慢地重复他的话。

"你来找我时见过她。你还帮她拦了一辆出租车，不记得了吗？好吧，说到就到。"迪帕克的手机响了。

"你一个人去吧，我要仔细研究一下这个神奇的机器……为了扩充我的常识。"

"好主意。"迪帕克回答，不用带桑吉一起去，他舒了一口气。

迪帕克来到大堂，上了电梯。他的电话一直在响，似乎在催促他快点。当他来到九楼时，他惊讶地发现克洛艾不在平台上。

她一定是误打了电话。但在下楼之前，迪帕克带着怀疑把耳朵凑到门口，听到了求救的呼喊声。

他拿起挂在腰带上的钥匙串，然后走进了公寓。

"在厨房里！"她呻吟着。

他马上冲到厨房，发现克洛艾躺在地上，轮椅也翻了。

"别动。"他把轮椅放正了。

他把克洛艾抱起来，一直抱到了客厅的沙发上。

"你没受伤吧？"迪帕克很担心。

"不，我想还好。我本来想拿柜子上的杯子，但实在够不着，我忘记锁刹车了，轮椅往后滑，我本来想拦住它的，但太迟了。"

"我去叫医生！"

"没必要，明天瘀青就会出来，经过这件事，我也许要去学杂技。"

"起码让我去检查一下轮椅吧，你真是吓坏我了。"迪帕克叹了口气。

过了一会儿，他推着轮椅回来了。

"一切都好，刹车也检查了，你想要我多陪你一会儿吗？"他用平静的口吻说道。

"没事的，我向你保证，每个人都会有掉链子的时候，不是吗？"

"小姐还是这么有幽默感。"

他这样说是为了转换话题，他非常了解她，不会不知道她此刻需要的不是幽默，而是骄傲。

"如果我有钱的话，"她继续说，"我自己给你付工资，你就不用走了。"

"算了算了，"迪帕克握着她的手，"问题不是这个，你很清楚。"

"没有你，我该怎么办？"

"在过去的四年里，我只不过帮过你两回。"

"五回！"

"你在青春期的时候可是个讨厌鬼呢！"

"我就这么喜欢欺负你吗？"

"也不是，但你小时候可不是天使。我需要在离开前把你放在轮椅上吗？"

"我自己可以，就像坠马后，必须马上爬上去。"

迪帕克跟她告别，然后离开了。门关得特别慢，不想让人听到吱吱声，她在客厅里大吼：

"我自己可以搞定的！"

这一次，她听到了哐当一声。

◆◆◆

"你花了很长时间啊，我还以为电梯坏了。"

"你注意到保险丝冒火花了没有？如果没有的话，那就一切正常。别拖拉了，我们去走几圈，看看你是否掌握了昨天的要领，然后我全权委托给你，今晚我要早点走。"

"我有种很糟糕的感觉，那就是跟你在一起的时候，我就像个十岁的小孩儿……"桑吉抱怨道。

"我就像个一百岁的老人！"

头几趟简直是一团糟，但是桑吉最终掌握了要领。他好几次都停得恰到好处。一小时过后，迪帕克陪他来到门口，并在本子上写下了完成的里程数。晚上六点到七点，住客们纷纷回到公寓，个个都是死气沉沉的模样。并不是他们这副模样惹恼了迪帕克，而是威廉斯先生居然把手放在他的肩膀上……迪帕克把他的手弹开了，关上了闸门，没跟他告别。

威廉斯先生回到家，在他老婆面前抱怨。这台该死的机器真该早点装好，他再也受不了坐手动电梯了！

晚上七点半，迪帕克来到地下室，换了衣服。他本来答应好加班的，但他放弃了他的职责，提前离开了岗位。无所谓了，他还有其他的承诺要坚守。他穿上便服，坐电梯上楼，这是他今天的最后一趟，然后过了一会儿他又下来了。

◆◆◆

克洛艾情绪稳定下来，开始另一场冒险：从轮椅换到洗澡间的折叠座椅上。除了刚刚在厨房发生的小事故，今天还是美好的一天。编辑来到工作室看望她，他恭喜她做得很好，并递给她另一本书，宣布他已经准备好签新的合同。

她要跟她的父亲庆祝一下，但不是今晚，她累坏了。

热水落在肩膀上，给她带来莫大的安慰。

穿上浴袍，她来到客厅，坐在窗边。她惊奇地看见迪帕克跟科林斯夫人上了同一辆出租车，这一幕让她有了一个新想法。

重新坐地铁的那一天

　　坐出租车实在是太贵了，而且我只能坐那种带有滑门的车。大部分时候，司机只能离开他们的方向盘，把我的轮椅放进后备厢，到了之后再拿出来。很多司机在看到我招手后会选择忽视我，有些甚至故意跑得更快，他们担心我会挂到他们的保险杠上。

　　我只能去挤地铁，回想起刚到纽约那一次。在电梯里必须有强大的嗅觉，电梯下行如此缓慢，还以为是来到了地下墓穴。我避开高峰期，在华盛顿广场站下车，一切都很顺利。我按下刹车，为了不在门口一头栽下去。车厢里没什么人，乘客们埋头看手机，根本注意不到我。但是到了宾夕法尼亚站就麻烦了。人群一下子拥上来，我的轮椅占了很大的空间，乘客们被迫站在我身边，挤成一团。外套下摆、衬衣下端、皮带、纽扣和手提包在我身边组成了一道墙，越来越挤。我没法儿呼吸。列车跑得很快。转弯的时候，一个大块头狠狠地撞了我一下，站直后抱怨了几声，另一个男子差点坐在我的膝盖上。我顿时觉得恐慌，尖叫起来。大城市里的人害怕了，我当然知道这是为什么，一个女人在一节拥挤的车厢里尖叫，效果是很明显的。人群一阵骚动，我很羞愧，看到一个吓坏的小女孩儿被她妈妈抱在怀里，她妈妈试图让她安静下来。这时，一个男人开口让大家都冷静下来。身边一下子空了，我看起来就像个疯子，满头大汗。我大口喘着气，希望找回正常的呼吸，人们用奇怪的表情看着我，眼里尽是害怕和厌恶。一个女人挤过来，跪在我面前，让我慢慢呼吸，告诉我不用害怕，一切会好起来的。她握住我的手，抚摩我的手指。"我懂的，"她小声说，"我的妹妹也坐轮椅。她经历过好多次。这是完全正常的。"

我一点都不觉得正常，自己在这里发狂，吓坏了一个小女孩儿，还有这些奇怪的眼神……这种事情还会发生……这个女人的好意也是不正常的。

终于，我平静下来，恢复了正常的呼吸，人们转过身去。我对这位女性表示感谢，告诉她我没事了。地铁终于停下来，她陪我来到站台上。她没有撒谎，因为她没有试图扶住我的轮椅。她指引我找到了车站站长。我拒绝寻求帮助，只想回家。

爸爸从学校回来，问我今天过得好不好。我回答说我去坐了地铁。他觉得我做得太棒了，大大赞扬了我。

# 12

戈鲁拉先生没有聘请秘书，不是因为他小气，而是他只相信自己。每天早早来到办公室，他透过窗户看着电梯公司的员工来来往往。他希望亲自监工，迪帕克可以让他们工作得轻松点。这个老印度人也许会对此不满，但他才不在乎，他有其他业主委托给他的权利，他要扮演好这个角色。

迪帕克看到戈鲁拉先生来得比平常早，就明白他的意图了。戈鲁拉是那种会花钱占位置来围观刑场的人。他护送那些电梯员工来到仓库。

"你们需要多长时间？"会计问道，"可不能让住客们周末没有电梯用。"

"很难说。"豪尔赫·桑托斯回答。他是两个技师里年纪较大的，一看就是头儿。

"什么意思？"戈鲁拉有些担忧。

"我改造过类似的这种老式电梯。但这一次这台电梯保养得很好，几乎是全新的。"

迪帕克脱下帽子，仿佛是最后一次向他珍爱的事物敬礼。虽然它是全新的，但它也得被自己的孩子给替换掉。

"不后悔吗？"豪尔赫·桑托斯问道，"一旦工作结束，结果就是不可逆的。"

"你是在向我提这个问题吗？"迪帕克插嘴，语气有那么一丝嘲讽。

"好好干你的活儿吧。"戈鲁拉先生没好气地说。

"我们大概今晚就可以完成。"豪尔赫·桑托斯回答。

"这一切取决于什么呢？"戈鲁拉问道。

"取决于你们。机器、继电器还有电梯厢里的线板。如果用这些设备完全替换手柄，那就非常快。如果你们想保留手柄，那我们就在闸门的另一边留出空间，这样就要多花一天的时间。"

"我们为什么要保留手柄？它没什么用处了，如果我没搞错的话。"

"为了纪念。有些人很念旧。"

"我夫人就是如此。"迪帕克咕哝了一句。

"减少没必要的开支。取下这个手柄，交给迪帕克，这将是我们能送给他的最好的纪念品。"

桑托斯的同事一直跪在两个箱子间，一言不发。他突然站起来。

"还有个小问题。"他低声说道。

"什么问题？"戈鲁拉问道。

"是这样的，"第二位技师的工作服上有个标签，上面写着埃内斯特·帕夫洛维奇，他接着说，"你们的电梯保养得非常好。但是我刚刚检查过的零部件正好相反，我不想惹您生气，但我想说这些零件都没用了。"

"什么意思？"戈鲁拉很生气。

"换句话说，它们被氧化了，无论如何都没法儿安装。"

"你在瞎说什么？它们是全新的！"戈鲁拉抱怨说，"从我们订购那天开始，它们就没离开过包装盒。"

"我不是这样想的。这些盒子没有关好，你自己看看，我们打开包装盒，把它们沿着这条水管依次排开。"

戈鲁拉的脸色变得紫红。他注意到了迪帕克愉快的神情，然后他的脸色恢复了正常。

"我说，你们不能清洗一下吗？"

"哦，那可不行！这些零件是被湿气氧化的。"技师指着那些电子部件，"不，不行。"他摇着头重复说，"这都报废了。只能买一套新的。"

"我这就下单！你们赶紧去找，然后快点回来。"

技师们交换了一个嘲讽的眼光。

"你怎么会认为我们有存货？这是定制的，要在车间测试过才行……"

"要多久？"会计叹了口气。

"至少十二到十六周！还要从英国运回来。"

"英国？"

"如今唯一一家还生产这种材料的工厂位于伯明翰附近。工人们非常认真，我向你保证。好吧，我想我们在这里什么也做不了。我尽快给你报价。"

◆◆◆

戈鲁拉不是唯一透过窗户观察技师来来往往的人。当克洛艾看到他们过了半个小时后重新上了小货车时，她知道她的计划成功了，就是还不知道这场犯罪是不是跟她预计的一样完美。

◆◆◆

"别待在那里。你应该满意了，现在看起来我们会继续需要你的服务。"会计咕哝着。

"十二到十六周，外加运输……"

"我猜你应该高兴坏了吧。"

"为什么？我不是明天就下岗了吗？"

"我还没有正式解雇你。"

"你昨天就解雇了。"

"迪帕克，听着，如果你还想兑现那张发票，就不要跟我玩手段。"

"一份不可撤销的合同，保证我接下来十八个月的工作以及离开时一年的补偿金，里韦拉先生跟我一样的待遇。你要把这一切都写下来，不然周六的时候大家都走楼梯吧，不管是白天还是黑夜。"

"你怎么可以敲诈我，在我为你们背负了这么多痛苦之后？"

"戈鲁拉先生，我为你工作了十年，我从没有轻视过你。明天，你给我一封业主们签过名的信。我的工作在晚上七点一刻结束，我说到做到。"迪帕克扔下会计，准备离开。

"晚上怎么办？布龙斯坦先生还有他的女儿……"

迪帕克在楼梯处转过身。

"不要把布龙斯坦父女牵扯进来。他们可以表达自己的意愿。至于晚上，我会想办法的，我只要明天早上拿到那封信。"

◆◆◆

迪帕克等着会计回到办公室。这一次他的上午终于没那么让人郁闷了。

十点，他的手机响了。克洛艾在平台上等他。

"今天不错吧？"

"是的，小姐，虽然下午要下雨。"

"这样正好可以清扫人行横道。"

"这也是一种观点。你是想下楼，还是在这里继续讨论天气预报？"

她推动了轮椅，迪帕克在她身后关上了闸门。他们一直默默无语，下到四楼。

"你今天上午怎么这么开心？"他在三楼时询问她。

"我总是这么开心。"她在二楼时回答。

来到大堂，迪帕克走在克洛艾前面，护送她来到街上。

"我帮你拦一辆出租车？"

"谢谢，今天不用了。去克里斯托弗街地铁站只有十分钟的路程，录音室就在一号线上，我不用转线。别为我担心，就像拉撒路说的……"

迪帕克看着她走远了，他非常欣赏她推动轮椅时的精力，同时心中升起一丝怀疑。

◆◆◆

戈鲁拉先生寄出了他人生中最羞耻的一封信。他再三斟酌词句，坚持说没有人可以预计到这套配件会被腐蚀氧化，就连他自己也没有想到。他做了一份详细的事故报告，很小心地没有提到迪帕克的要求。他发誓要找到一个方法不去兑现他的承诺。他按了发送键，他的邮件发到了每个业主手里。

几分钟后，威廉斯夫人第一个冲进了他的办公室。

"你不觉得奇怪吗？这台我们花了大价钱买的机器，怎么突然在安装的那一天坏了呢？"

戈鲁拉很谨慎地开口。

"你认为它一开始就是坏的吗？"

"你没有经过我们同意就买了，收到货后就应该保证它的质量！"

"不要玩猫捉老鼠的游戏。如果你想指责我，就直说。"

"没必要故弄玄虚。"她坐在他面前的椅子上，"我觉得这件事太凑巧了。"

"如果不是供货商，那会是谁？"

"去问问克莱尔夫妇。他们不做爱时，就坐着看侦探片，他们的呻吟声和电视机的声音可以一直传到我的房间里。"

"那我具体要问些什么？"

"动机！只有找到动机，才能破案。如果一切不变，谁会获利？我要好好思考一下……与此同时，最好早点解决晚上的电梯问题，我已经被迫把晚宴推迟到下周，我可不想再推迟一次。"

她离开时没有跟会计告别，要让他一个人好好想想。

戈鲁拉给电梯公司打了电话，要跟豪尔赫·桑托斯讲话。

他们的对话总结起来就是一个问题：什么原因导致了这个后果？

技师毕竟是有经验的。他非常清楚有些顾客会找各种理由不支付费用，所以他早有对策。把电子设备存放在暖气片下面不是个好主意。可能是蒸汽导致了这些设备的氧化。

威廉斯夫人的言语影射了迪帕克，尽管后者并不知道这些盒子里到底装的是什么。戈鲁拉突然想起来一个细节，他在打开盒子时完全没有闻到潮湿的气味。

"需要几天时间可以造成这样的损坏？"他问道。

"这也是让我吃惊的地方。我从没见过这种情况。我不知道你们的水管里流着什么水，如果我是你，我可不会喝里面的水。上面覆盖着白色的污渍、盐还有石灰。"豪尔赫·桑托斯解释说，"我给工厂发了邮件，如果运气好，他们会有存货，或者是可以改装的模板。看运气吧。"

戈鲁拉非常感谢他。

◆◆◆

迪帕克回到家，向拉莉提议去外面吃晚餐，周四的晚上就应该这样度过。当他建议请她侄子一起吃时，拉莉不免有些好奇。上一次看她丈夫这么开心，还是印度板球队的队长维拉·科利被娱乐与体育节目电视网评为"世界最佳投手"的时候。

没有桑吉的任何消息，天色已晚。拉莉更想待在家里，跟她丈夫面对面坐着。

开始复健的那一天

　　曾经的女演员职业生涯并没有多么辉煌。失去半截腿也就让这个美梦破碎了。人体是一个复杂的机制。为了适应各种情况，它有很多隐藏的彩蛋、潜伏的技能，等到了适当的时候它们就会苏醒过来。吉尔伯特向我解释了这一切。他是一位博学的物理治疗师，而且生性活泼。

　　他告诉我如果有一天我可以接受假肢，那么我就可以重新站起来行走，我要锻炼自己的腿后肌和臀部肌肉，也就是我的下半身。在安装假肢之前，我需要学会使用胸肌和三角肌，目的不是为了成为健美运动员，而是为了推动轮椅，不至于在一天结束后大喊肌肉痛。吉尔伯特让我一期接一期地做复健。我讨厌他，憎恨他，给他喝倒彩。我抱怨得越多，他给我加的运动量就越大，他简直是个虐待狂，甚至可以说是施刑者，特别是在针对腹部和髂肋肌进行练习时。我必须站直，即使我的腿没有长回来。虽然我不是蝾螈，但我有着钢铁般的意志和一种令人难以置信的韧性，我的胳膊变得强大有力。
多亏了吉尔伯特，我可以在整座城市间穿梭，也借此说服迪帕克：
我不需要任何人帮忙，除非地铁的电梯出故障了，这时候有人帮忙
当然是受欢迎的。

# 13

泽尔多夫夫人在前一晚遇见了她八楼的邻居，她们在一家杂货店的蔬菜摊前聊天。威廉斯夫人买了有机西葫芦——初春的新菜，她趁机说出了她的疑虑。

"戈鲁拉先生认为器材是有人蓄意损坏的？"泽尔多夫夫人很激动地说。

"他没有排除这个设想，有人故意损坏设备。"威廉斯夫人补充说。

"的确有可能。"泽尔多夫夫人思考了片刻。同时，她也想买一些美丽的西葫芦。"我觉得那两个电梯服务员可以从中获利。戈鲁拉先生的计划让他们感到害怕，足以让他们铤而走险。"

"你也觉得他们有可能这样做，是吗？"威廉斯夫人补充说。

"你说得对，还有谁能进去呢？"

"按照会计的说法，他们也许是故意把设备存放在潮湿的环境里。"

"戈鲁拉先生是这样对你说的吗？"泽尔多夫夫人打了个嗝。

"你没看他的邮件吗？如果是你，你会把贵重物品放在潮湿的环境里吗？"

"我就说嘛！当然不可能，我又不是笨蛋。"泽尔多夫夫人双手叉腰。

"我只告诉了你一个人哦。"威廉斯夫人对着她的邻居耳语。

泽尔多夫夫人倍感荣幸，激动万分。

"现在，是不是应该对我们的邻居开诚布公，无论如何，他们也有权知道到底发生了什么，你觉得呢？"

泽尔多夫夫人觉得进退两难。她的眼睛转了转，思考牧师会建议她怎么做。

"如果你想的话……"

"我不想别人指责我们是密谋者，"威廉斯夫人说道，"布龙斯坦父女肯定会第一个跳出来。这位教授是出了名的左派分子。在他看来，这些工人总是有道理的。"

威廉斯夫人见她邻居的想法如此容易被左右，内心不免狂喜。这就像是在上演一场木偶戏，看不见的绳索系在对方身上。这一回，威廉斯夫人可是把泽尔多夫夫人牢牢捏在了手心里。

"你要买点小红萝卜，它们看起来真不错。"她抑制不住地开心。

"我们可以分配任务。"泽尔多夫夫人建议说。她把一捆金凤花放进篮子里。

"好主意，"威廉斯夫人惊呼道，"我给早川夫妇写信。你负责通知其他人。"

泽尔多夫夫人当晚回到家时非常开心，就像之前的某个周日，合唱团的音乐会结束后，其他人称赞了她的音色时一样。

今天上午，她跑去敲莫里森先生的门。十一点了，他还穿着睡袍迎接她……这也就算了，这个家伙什么都听不懂。

"我们那两个电梯服务员为什么要破坏设备呢？这是他们的工具，而且运作得也很好。迪帕克刚刚还来过，是他把我叫醒的，当然是因为很重要的事情。"这个酒鬼补充说。

"不是人工电梯，是有按钮的自动电梯！"她耐心地回复。

"他们对按钮做了什么？没有人碰过我的按钮啊，我昨天才用过。"

"不是你家里的按钮，是自动电梯的按钮。"泽尔多夫夫人很无语。

"我们还有自动电梯？"

"在地下室里，如果我没搞错的话。"

"我真不知道我们在地下室里有自动电梯，"他絮絮叨叨，"有什么用啊？"

"没什么用，就在纸箱子里，以后我们坐电梯就可以不用电梯服务员了。"

"你刚才说的事情太愚蠢了。我们必须去地下室才能坐电梯，不需要迪帕克和里韦拉先生？请原谅，如果真是这样的话，他们当然要把有按钮的电梯给处理掉，因为没用啊！要知道在平台上按按钮更方便啊！要步行下楼去坐电梯的话，还要电梯干吗？谁想出这个主意的？"

泽尔多夫夫人绝望至极，只能再爬三层楼继续她的游说工作，而且是从员工楼梯爬上去的。

克莱尔夫人看起来很忙。她甚至没有给她端上一杯茶。是谁说法国是礼仪之邦的啊！克莱尔夫人心不在焉地听她说，不太相信她的话。最后她变得非常生气，甚至说了脏话。

"威廉斯夫人是疯了才想出这么扭曲的主意。迪帕克绝对不会做出这种事情。我没见过像他那样的人，他把时间都花在这栋大楼上，我甚至都不好意思靠在电梯扶手上。"

"他也许不会这样做，但夜班的里韦拉先生……"

"好了，谢谢你来，你的理论很吸引人，但我还有活儿要干。"

"你会跟你先生说一下吗？"泽尔多夫夫人乞求她。

"当然会，但我相信他跟我是一样的想法，请代我向你先生问好。"她下了逐客令。

真是太傲慢了！还没有走到门口就说再见。泽尔多夫夫人可不喜欢别人这样对待她。

"你为什么不从正门进来？白天的话，电梯还可以用。"克莱尔夫人很吃惊。

"一点点运动没有坏处。"泽尔多夫夫人回复说，试图保持风度。

等她再爬上九楼可就不那么容易了。克洛艾正准备出门，还在想是谁在楼梯口敲门。为了够着门锁，她必须借助手臂的力气，把肩膀靠在隔板上。

愚蠢、滑稽、毫无根据，这就是这位年轻邻居的回复。她爬了八层楼，没想到是这样的待遇！迪帕克是圣人，不要太夸张！他做了这么多事情，居然还说他是圣人，真是够了！

"你们的行为真是让人恶心。这都是没有根据的诬蔑。除非你们拿出证据来，不然就停止散布你们的谣言。"

威廉斯夫人才是一位有良心的女性。这是泽尔多夫夫人的结论。这些左派分子，哼！虽然她是坐轮椅的，但也不能如此无礼。

既然这个无礼的年轻人不相信她说的话，她就给戈鲁拉先生打电话，让他展开调查。

她在中午之前完成了任务，回到了家。

◆◆◆

迪帕克很早就从家里出发了。他本以为会被人当成救世主，结果一个上午他收获的不过是谴责和鄙视的目光。克莱尔夫人几乎不跟他打招呼。威廉斯先生离开大楼时居然没有说再见。泽尔多夫先生看起来很严肃，甚至有些敌视的目光。过了一会儿，泽尔多夫夫人一脸狐疑地看着他。就连莫里森先生也支支吾吾，他下午的时候叫他上去（他那个时候才吃午餐），迪帕克想知道大家为什么这么冷漠，结果莫里森先生只说："我们下次再谈。"

谈什么？他们都是怎么回事？这又是戈鲁拉先生的什么计谋吗？他们都已经辞退了他，他本可以兑现支票，拿着丰厚的退休金，然后扔下烂摊子不管。一年的补偿金又不会让他们破产，泽尔多夫夫人脖子上戴着珠宝，克莱尔夫人每周去美容院的钱都可以抵上他一周的工资。莫里森每天晚上花的钱可是迪帕克一天赚的钱……至于威廉斯夫妇，他们热爱举办宴会，他们一晚上花的钱可比迪帕克一个月赚的还多。布龙斯坦父女除外，其他人都是忘恩负义的小气鬼，还有科林斯夫人其实也没什么钱。中午，迪帕克再也不纠结了。拉莉说得对，他就是软柿子好捏。如果他跟十六号楼臭脾气的门房一样，他们就会用手捧着他了。也许他要去见见会计，告诉他经过深思熟虑，他决定离开。他们必须马上跟他结账，然后自己想对策。

下午三点，迪帕克还在柜台后面生闷气。他让遛狗者去散步了，克莱尔夫妇的金色寻回犬从公园回来了。谁来清理大堂的大理石地板？他大喊一声。可是遛狗者已经离开了。

然后酒商给莫里森先生送来了一箱酒。谁去整理他客厅里的酒瓶？花商给威廉斯夫人送了一束花，行色匆匆，落下了一堆花瓣。谁去清洁？

当克洛艾下午四点出现时，她的状态看起来比克莱尔家的狗还要糟糕，迪帕克马上变回了原样。

"发生了什么事情啊？"他上去迎接她。

"没事，地铁站的电梯坏了，我得从下一站下车，离这里十个街区远，我的手都要断了……算了，我没力气说话了。"

"为什么不坐巴士？"他把她推到电梯旁。

"因为巴士的平台要花很长时间才能放下来，乘客们都很心急。再说了，这个时间点车上挤满了人，我会被困在门口。每次上下车时，乘客们都会挤到我。这个轮椅的刹车让人想吐。本来地铁里的电梯坏掉，也会有好心人帮我上下，但今天没有人来帮忙。算了，我抱怨够了。我们应该庆祝一下你会留下来。"

"你是怎么知道的呢？"迪帕克在五楼和六楼之间放开了轮椅，"我也是将近十点才知道，你还在家里，我是十一点把你接下来的。"

迪帕克打开闸门，往后退，让克洛艾可以经过，没有等她回复就下楼了。

半路，他在二楼停下，然后按响了戈鲁拉先生办公室的门铃。

会计坐在办公桌后面，把合同递给他。迪帕克马上把它放进了口袋。

"你不读一下吗？"

"我相信你，今天上午大家都给我摆脸色看。我明白我的要求不受大家欢迎。"

"你坐一下。"会计请求他。

迪帕克站着。

"随便你。既然你相信我，我就回复你的好意。他们还不知道你的要求。我只对他们说我重新雇用了你。别担心，我有权利跟你签约。然后，我也确定他们因为不需要支付额外的赔偿金而感到松了口气。尽管如此，我还是希望我们的口头协议要保密。从现在开始，直到你离开，一切一如往常……另外，为什么是一年半呢？为什么不做满两年呢？"戈鲁拉询问。

"你不会理解的。"迪帕克离开了。

◆◆◆

迪帕克下班后来到医院看望里韦拉先生。科林斯夫人没有让他带书过来，因为她下午已经带着书来过了。她是唯一正常跟他打招呼的住户。这栋大楼的住户的行为让他很生气。

里韦拉先生看他昨晚那么开心，现在却如此阴郁，不免担心起来。

"你看起来很忧虑。"

"我不明白发生了什么事情。他们从没有这样如此让人讨厌。至少，没有所有人都这样。他们好像在指责我做了什么事情。"

"咽下你的自尊心，同意继续为他们服务？现在的世界真是黑白颠倒了。"

"他们为什么一脸不满的表情？"

"我的想法是，他们本来想着与我们再也没有瓜葛，可以节省开支。结果事与愿违，就是这样。你跟他们说了你侄子的事情吗？"

"还没有，周一再说。我跟工会的人明天约在咖啡厅见。"

"周六？你真是让我吃惊啊！"

"我不想在他的办公室里说事情，我要他做的事情不合法。"

"你真是考虑周全。"

"大部分时候。"

"是晚上的问题让他们烦恼，当他们明白这件事情解决了时，一切会恢复正常。"

"就连莫里森先生也不是他往常的模样。"迪帕克继续说。

"我从未见过他清醒的时候。他也许前一晚喝多了。要感谢上苍制造的这场意外，虽然这不在我们的计划中。"

迪帕克在九点离开了医院。在回家的地铁上，他寻思着这场意外是否有一个名字。

◆◆◆

回到家，拉莉坐在桌子旁，桑吉也在。迪帕克脱下外套，两个人看到他马上闭上了嘴。

"我等了你好久。"迪帕克坐下来。

"我比预计的要晚。"桑吉漫不经心地回答。

"那你可以告诉我一声。"

拉莉马上救场。

"桑吉在开会，是重要的客户。"

"那我就不重要了吗？你周一开始工作。"他继续说。

"你去见工会的人了吗？"拉莉把晚餐放在桌子上。

"明天才去见。"迪帕克回答。

"你们全年无休吗？"桑吉问道。

"为什么这么问？"

"如果你们去度假的话，电梯要怎么办？"

"我们会请一个临时工。"迪帕克回答，"但是他只有周末还有八月份有空。里韦拉周六休息，我周日休息。夏天，我们轮流休半个月。总是有人替换我们，不管是白天还是晚上。"

"那这个临时工没空吗？"

"如果他有空的话，我们早就解决问题了。但如果你改了主意，就立马告诉我，特别是在现在这种情况下。"

"出什么事了？"拉莉不安地问道。

"还能出什么事吗？一场意外发生了，本来要终结我职业生涯的器材居然坏掉了。明天，我要向我的老伙伴们撒谎说我的侄子来自孟买，他是有经验的电梯服务员，尽管我根本不知道他是做什么的。我在想明天对着镜子刮胡子时，我是否还能认出来自己。"

◆◆◆

将近午夜，迪帕克穿上睡衣，钻进被子里，关了床头灯，拉莉把她的床头灯打开了。

"告诉我到底为什么不开心，不然我一整晚睡不好。"

"你去克洛艾小姐家做了什么？"迪帕克问道。

"有些成见还真是根深蒂固啊！在你这样一个印度老头子看来，两个女人在一起就一定是在使坏。"

"这个印度老头子为了娶你这样的印度老女人，放弃了辉煌的职业生涯！无论如何，我很了解你，当你坐立不安时，你肯定是良心有愧。"

"我们是在互相指责吗？"

"我这次重新上岗真是一点都不光彩。你以为我不想继续穿制服吗？但是如何向他们解释这台设备坏掉的原因呢？"

"那我是电子设备专家吗？"

"你不是，但你侄子是吧？"

"我真是聪明啊，想出了这么绝妙的计谋！你的夫人、你的侄子，还有九楼的小姐，联合起来展开一场破坏行动，目的就是为了拯救你的职业和达成你那可笑的目标……我还忘记了可怜的里韦拉先生，他给了我一份地下室的地图，告诉我那个我不知道长什么样的设备在哪里。我午夜出发，在你熟睡的时候，来到地下室，在那上面撒了一泡尿！"

　　"不要说蠢话，我没有指责你任何事情。"

　　"那就是我在撒谎！你听听你说的话。"拉莉很气愤。

　　"你总是考虑得很周全，但我没法儿不去想，这一切太蹊跷了。如果有人怀疑是我，我知道他们会要我付出代价的。"

# 14

拉莉和桑吉在吃早餐。迪帕克从卧室里出来，穿着一条鼓鼓的白色裤子和一件运动款的短袖衬衣。桑吉从没见过他这么时髦。

"你不是去跟工会的同事喝咖啡吗？"拉莉很吃惊。

"我过去的运动员生涯总是让他们印象深刻，然后我还要去公园运动一下。"

"你要陪你姑父去，那里有个很不错的俱乐部。"拉莉向她的侄子建议。

"我很想看他打球，"桑吉回答，他的眼睛盯着手机上的信息，"但我有个商务午餐。"

"周六？"迪帕克很吃惊。

"你也有工作，为什么他不行呢？"拉莉插嘴。

"如果我说天要下雨，你的姑母会着急地跟我说你与此事无关。"

"你下次再去吧，"拉莉无视她丈夫的调侃，"明天不要工作了，我们一起聚聚。"

桑吉答应了她，准备出发。

"你来看我打球吗？"迪帕克用无辜的语气询问他的妻子。

"我绝对不会错过的……我认识你以后每个周末都是如此……中午在草坪上见。"

♦♦♦

到了中午，桑吉在克劳德特餐厅见到了山姆。这家餐厅就在办公室旁边，山姆很喜欢他们家的早午餐。

"什么事情这么急？"桑吉来到餐桌旁。

"我收到你公司的登记证件了，赶紧签字，我周一去递交。你的那份份额不会有问题吧？"

桑吉的眼神飘到了刚刚进入餐厅的客人身上。

"你听到我说话了吗？"山姆在叫他，"别这样，不能这样做！"

"不能做什么？"

"盯着一个像她那样的女孩儿。"

"一个像她那样的女孩儿？"

"坐轮椅的！"

"我认识她。"桑吉漫不经心地回答，转过身面对山姆，"你说什么？"

"你在开玩笑吧？"

"别担心,银行的工作人员没给我打电话,但我今天下午会去见他,一切都会在这周内搞定。"

"我对你的银行没兴趣,我是说这个女孩儿,你真的认识她吗？"

桑吉没有回答。他观察到餐厅老板对待他们的态度就像是对待大明星。她说过她是演员,难道她是大明星？但是只有老板一人对他们这么客气。在孟买,大家都会冲上去找她要签名,或者是自拍合影。也许在纽约,不允许盯着身体有残缺的人看。在印度的纽约人在散步的时候眼睛都朝着天。再说他盯着看的不是她的轮椅,而是她这个人……也许还有陪在她身边的那位男性。

◆◆◆

"这一次,是你盯着另一桌的人看,你认识那些家伙吗？"

"不算是,我认识其中一个,那个矮点的。"

"哪一个？"教授问道。

"坐在长凳上的。"克洛艾拿了一张菜单。

"你在哪儿遇见的？"

"我们在公园里聊过几句。他的父亲是音乐家。我要班尼迪克蛋①,你呢？"

"他看起来不错。"

---

① 译注：美式简易早餐，由吐司／英式马芬＋培根／火腿／三文鱼＋蔬菜＋水波溏心蛋＋荷兰汁组合而成。

"或者是炒鸡蛋。"

"他是做什么的？"布龙斯坦先生继续问。

"他是我们这个现代化社会里年轻卓越的创业者之一，他来纽约找投资者。"

"真不错啊，只是……"

"是不错。我们点餐吧，我饿死了。"

"怎么个不错法？"

"好了，够了，你在暗指什么？"

"没什么……奇怪的是你，明明对菜单了如指掌，还这么专心看了半天，而且我很久没见你脸红了。"

"我没脸红。"

"你自己看看你头顶的镜子。"

"我很热，仅此而已。"

"这里面有空调。"

"好吧，你想换个话题吗？"

"我们的哲学家怎么样？"布龙斯坦先生下意识地问道。

"当我们找到一个夜班的电梯服务员时，我会知道他的情况的。"她眼神空空。

"有人邀请我下周去一个银行家大会做讲座，"他继续说，"报酬还不错。"

"别板着脸，这是个好消息。"克洛艾很开心。布龙斯坦父女俩运气不错。"我刚刚签了另一个录音合同。再说现在不用再交额外的补偿金，我们两个马上就可以还清债务了。"

"也许可以把浴室的水管重新弄一下。"

"你想为水管干杯吗？"克洛艾开心地问道。

"为了你的事业干杯！"

"为了你的讲座干杯！"

"我要去旧金山做一次讲座，离开好几天，你的话……"

"没了你我活不下去吗？我每天都是这样过的，如果有事的话，迪帕克还在。"

"你想请那两个人加入我们吗？"教授打趣地问道，他看着坐在他对面的两个男子。

"你能小点声吗？"

◆◆◆

桑吉买了单。山姆拉开桌子让他出去。克洛艾盯着她父亲上方的镜子，从里面可以观察到他们的行踪。在桑吉转过身离开餐厅的一瞬间，他和她的眼神交会在一起。克洛艾马上低下头看着盘子，这一切没逃过她父亲的眼睛。

◆◆◆

山姆有个约会，在华盛顿广场公园的栅栏前跟桑吉告别了。桑吉准备去水池旁边散散步，看看路人，想象他们的生活，这是他的乐趣之一，也是他开发应用的灵感来源。年轻的时候，他认为大城市的人并排走着却从不说话是一件很荒诞的事情。他对童年时期的孤独并不陌生。当他开始创业时，他的伯父们控诉他说他侮辱了家人。男人和女人在没有家人的允许下是不能单独见面的，在关系确立之前也只能见上一面。桑吉这一代人不是这样看待生活的。但是突破禁忌、打破传统、获得自由，这些都不是一天能完成的。虽然他不太了解拉莉和迪帕克，但是他欣赏他们的勇气，可以为了爱情放弃一切。

他又想到了克洛艾在华盛顿广场公园里很轻易地就跟他聊起来，而他永远没有勇气开口。手机的铃声让他回过神来，是孟买皇家酒店打来的。

塔雷什和维克拉姆——他的两个伯父坚决反对他提取他的股份。酒店章程的某项条款允许他们这样做。他们因为他轻率的行动胃溃疡都犯了。

"如果你失败了，"塔雷什争辩道，"我们酒店三分之一的股份就落在了外国人手上。"

"你怎么可以如此自私，把整个家族的遗产置于危险之中？为了什么？"维克拉姆指责道。

"你们在谈论哪个家族？"桑吉在挂断电话前说道。

他的伯父们想开战。怒气冲冲的他放弃了去看喷泉，转而前往城里的另一个公园。在那里，他的姑父正在打板球。

◆◆◆

克洛艾走进了华盛顿广场公园，来到围棋桌前，那里聚集了想赚点小钱的业余选手们。她每个周六下午来这里，不是为了赚钱，而是为了赢得比赛。她曾经是职业选手，偶尔会后悔永远离开了竞赛场。她最后一次比赛还是在五年前四月的某个上午。

◆◆◆

桑吉很欣赏迪帕克挥舞球板的身姿，他身边围着一群来自城市北部街区的青少年，他们梦想着成为冠军。

"我现在明白为什么你在希瓦吉公园看他打球时，会被他的魅力折服了。"

"他现在更帅。"拉莉回答。对某些人来说，迪帕克不过是一个电梯服务员，但是在板球场上，他可是真正的领主。

"当初决定离开肯定不容易。"

"离开反而是最简单的。一天晚上，迪帕克离开他的家，三个彪形大汉把他打了一顿。我们知道谁是幕后主使，也收到了我父母发来的信息。当我去门诊部看望他时，他尝试了所有方法想说服我结束我们俩的关系。他会一直爱我，但我们没法儿展望未来，他没有权利玷污我们家族的声誉，也不想毁了我的生活。我将他的说辞归因于他受伤了，然后对他说这是我最后一次忍受别人指点我的生活方式。我选择了跟他一起度过，绝不后悔。我没有这样的家庭，我跟能做出这种武力行为的人没有任何共同点。两个月以来，我把物品藏在衣柜的脏衣服下面，这样仆人们不会发现。在我的床下，放着我从母亲的钱包、父亲的裤子口袋还有兄弟们那里偷来的一点钱。迪帕克有一天深夜来接我。他在离我们家不远处等我，也对我说过如果我不出现他也会谅解。我偷偷摸摸出了门。你可以想象我的害怕，整个房子都在睡觉，我偷偷下楼，关上门，永不回头。如今，我还会梦到这一幕，颤抖着醒来。我们拼命跑，跟时间对抗，因为我们必须在天亮之前到达港口。人力车司机看我们可怜，同意送我们去。迪帕克花天价买了货舱里的两个座位。我们在海上航行了四十二天。我在厨房帮忙。迪帕克给水手们帮忙，他就是做苦力的。那是一段怎样的旅程啊！阿拉伯海、红海、苏伊士运河、地中海、直布罗陀海峡……直到看到了大西洋，我们才真正拥抱了自由。"

"为什么是在这里，穿越不是刚刚开始吗？"

"因为在直布罗陀的那一晚，货船停靠在岸边的时候，我们才第一次相爱。但是，就像我刚刚对你说的，我讲的这些都是整场逃亡中最容易的部分。我不想做非法移民。迪帕克是个过于正直的人，无法接受长时间处于违法生存的状态。他过于诚实的品行有时候真的会惹毛我。我们来到移民局。在那个年代，这个移民国家的领导人还记得他们父辈的历史和每个人来自哪里。被死亡威胁的我们寻求庇护，迪帕克身上的伤疤可以证明我们的善良。我们拿到了临时证件，甚至还有一点点现金补贴来满足我们的需求，开始新生活。迪帕克不想拿补贴。"拉莉笑了，"我替他拿了。"

"然后呢？"桑吉问道。

拉莉不说话了。他注意到她情绪有点激动，于是把一只手放在她的肩膀上。

"很抱歉，"他说，"我不想让你想起痛苦的回忆。"

"我撒了谎，"拉莉低声说，"我说离开家的时候什么都没有失去，这是谎话。因为我在那里抛弃了一部分自己，这份骄傲让我付出了代价，直到现在我还会因此受苦。我曾经的生活是优雅的、无忧无虑的，现在我得打零工，每天工作十六小时，为了能吃饱饭。我们的生活并不容易，过去这么多年，本不应该抱怨，我们存的钱刚刚够支撑退休后的日子，只要不是活得太久。如果迪帕克现在就被迫辞职的话，我不知道怎么保持收支平衡。好了，问题够多了。告诉我家里人的消息吧，我曾经如此憎恨这个让我受苦的国家，现在又如此想念它。"

桑吉跟她讲述了世界上伟大的民主进程，但是灾难依旧存在，种姓制度根深蒂固……但并不是一片黑暗，除了印度给外人的传统印象以外，从神圣的奶牛到贫民窟、宝莱坞，还有他从事的职业——电脑工程师，整个社会正在进步，城市变得现代化，贫困人口减少，整个国家的媒体多样且自由，中产阶级成了新兴阶层。

拉莉打断了他。

"我没有让你给我上一堂经济课或者地理政治课。我的丈夫每个周末都大声给我念新闻，跟我谈谈你自己、你的生活、你的兴趣爱好，你有未婚妻吗？"

桑吉在回答之前深吸了一口气。他转过身，面向她，然后盯着她的眼睛看。

"拉莉姑母，你父亲拥有的那些大楼现在变成了一个大宫殿，是孟买最奢华的酒店。你的兄弟们一直瞒着你。"

拉莉没法儿呼吸，目瞪口呆地看着他。

"你们是来看我比赛的吗？两个人叽叽喳喳像麻雀似的。"迪帕克抱怨着，"至少这场谈话得有点价值，不然你们可是错过了我精彩的开球啊！"

出手打了朱利叶斯的那一天

那一天从复健治疗开始，"该死的"吉尔伯特实在是太开心了。这天上午跟其他日子不同，因为我得借助假肢迈出第一步。我打朱利叶斯并不是因为我摔倒了，疼痛当然也是一个因素，但真正的原因是另一件事。

在"十四点五十分"事件之前，爸爸经常出门，把整栋公寓留给我一个人。朱利叶斯住的单间是场噩梦，发黄的墙壁、旧毯子的气味、天花板吊灯昏暗的灯光——这一切都不是谈情说爱的最佳场所。朱利叶斯在装修上并没有天赋。偶尔从邻居家传来的声音让人觉得这个房间在闹鬼。诸多原因让我们决定趁着父亲不在家时在我家做爱。但是现在爸爸也不出门了。

幸好，爸爸那天下午要上课。

朱利叶斯把我抱在怀里，放在床上，亲吻了我。他趴在我身上，解开了我睡袍的扣子，抚摩着我的乳房，这是"十四点五十分"事件

172

之后我第一次感受到他的欲望。他的嘴唇滑过我的皮肤、肚子，他的手试图分开我的大腿，我注意到他的眼神凝固了。我打了他一个耳光。

我们停止了做爱。

# 第三部分
# 突如其来的工作

---

　　一段爱情故事的开始总是非常纠结。恋人们处于恐慌中，犹豫着要不要告诉对方自己的思念之情。什么都想给对方，但是又不愿前进一步。恋人们对幸福精打细算，想存起来，慢慢享用。刚刚诞生的爱情既疯狂又脆弱。

# 15

克洛艾在衣柜前迟疑了很长时间，最后选了一条方格裙，还有一件白色圆领上衣。

下午早些时候，迪帕克按响了她的门铃，向她宣告了一则消息。他们刚刚找到一个替换者，他满足戈鲁拉先生的各项严格要求。工会派遣过来的有经验的夜间电梯服务员，将会从晚上七点十五分开始上班……算是有些经验吧，他补充说。克洛艾晚上又可以出门了。

如果她能站起来，她会把他紧紧抱在怀里。迪帕克应该意识到了，因为她看到他脸红了。他往后退，行了一个滑稽的告别礼，这是他们之间的默契。

她的父亲飞去旧金山，于是她向朱利叶斯提议一起吃晚餐。她在语音信箱里留下餐厅的电话，约好晚上八点见。

不是很擅长化妆的克洛艾照了最后一次镜子，然后关上公寓的灯，拿上手机，准备叫电梯。

她利用电梯上来的时间在平台上给轮椅掉头，电梯服务员打开闸门，克洛艾倒着开进去。

她只看得见他的背。里韦拉先生的制服太大了，肩部都滑下来了，袖子遮住了他半只手。

"晚上好，小姐。"他用严肃的声音说道。

"晚上好，真是太荣幸了……"

她话没说完，抬起头看着电梯服务员的后颈。

"你说什么？"他在七楼问道。

到了四楼，克洛艾觉得自己的心跳得飞快。

"有教养的人会转过身，看着你的眼睛跟你说话。"

桑吉照做了。

"我们第一次谈话时，你撒谎了。"

"我没有。"

"你在跟我开玩笑吗？创业者、印度的脸书，你不记得了吗？"

"在纽约，从事一门职业是一件奢侈的行为……你不记得了吗？"桑吉回答。

"那到了周末，你又会变成宝莱坞的明星或者是跳伞冠军吗？"

"我怕高，而且我是个糟糕的演员。"

"我觉得你的戏演得很好！"

电梯停在离一楼还有十厘米的高度。

"我还不是很熟练,我先上二楼,再来个完美的落地。"

"真是会演!"

"我当然会尽全力,你要耐心点。"

"你在二十八号大街没有约会,我看见出租车掉头了,你一直在撒谎。"

"现在几乎是在水平线上了,你可以出去了。别人说不要碰小姐的轮椅。但是我会护送小姐到人行道,帮她叫一辆出租车。"

"别老是小姐长小姐短!"克洛艾抗议,"不要你送我。"她大喊大叫地经过柜台,很吃惊地看到迪帕克还在那里。

"电梯服务员对你来说不重要,是吗?"桑吉也大喊一声。

迪帕克匆忙跑去给克洛艾开门,目视她穿过街,进入了克劳德特餐厅。

"我做了什么?"桑吉很生气,发现他的姑父还在大堂里。

"我留下来是为了确保你能搞定电梯。三条规则,三条小小的规则——有礼貌;如果别人不开口你也不开口;如果别人开口,你只需要听他提问,但不要回答。有这么难吗?"

"她没有提问,她一直说个不停!"

"不是她,是克洛艾小姐。你们在四楼的时候,我就听到你的大嗓门了。至于你停下电梯的方式,我就不多说了。我对你所做的一切表示感激,但是请好好做,不然没有必要。现在,我要赶去看里韦拉,然后回家睡觉。我把我的大楼托付给你。我希望明天见到它时，它还是完好无损的。我可以信任你吗？别忘记帮莫里森先生开门。"

在他的姑父去地下室换衣服时，桑吉咬紧了牙关。

◆◆◆

克洛艾晚上十点一个人回来了。她在电梯里没有跟桑吉讲一个字，只在回家之前说了一句晚安。

她没有开灯，直接坐着轮椅来到了窗边。周一的人行道上空荡荡的。只有几辆出租车在第五大道上轻快地行驶，然后转向九号大街。克洛艾发了好半天的呆。将近午夜时分，她把手机伸进口袋里，然后按下了朱利叶斯的号码。并不是他今天放了她鸽子，她才做出了这样的决定——也许他只是工作到太晚，没听到她的留言。

克洛艾在餐厅里坐着等朱利叶斯，克劳德给她端来一杯香槟，然后第二杯，第三杯。在她快要喝醉之前，克劳德来到座位上，给他们两个人点了晚餐。餐厅老板实在是可怜她，而克洛艾最不能忍受的就是怜悯，不管是朱利叶斯还是其他人。

她不想听到他的声音。她拿着手机，等待转入语音信箱，然后给他留言。

"我曾经错过了好几次机会，没想到还是走到了今天这一步。我以为我们可以继续在一起，但是我错了。我以为可以重建我的生活，续写我们的故事，但是我错了。我以为感恩已经足够，但是我错了。现在，我不想再欺骗自己，再也不要。明天我们在公园见，我知道你下午三点到四点没课。我把你留在我这里的东西还给你，当然还有你的自由。我也拿回我的自由。永别了，叔本华。"

◆◆◆

第二天，克洛艾下午三点来到了华盛顿广场公园。在前往小径的路上，她发现并不是朱利叶斯，而是另一个男人坐在长椅上。

"你在这里做什么？"她询问。

"他不会来的。"桑吉叹了口气，把书合上。

"我不明白。"

"昨晚，我其实想跟你说你搞错了电话号码……"

# 16

"如果你错了，为什么还要跟这个男人在一起？"桑吉问道。

"因为当时我的身体遭到了严重的损伤，可他留了下来，我不想再受伤。"

"他真的叫作叔本华？"

"我想从昨天开始应该没有改过。"克洛艾回复。

"跟拥有这样一个名字的人陷入爱情是需要勇气的，要不然你就是个受虐狂。"

"他的名字跟我和他之间的感情有什么关系？"

"叔本华关于女性的随笔比我们国家深入人心的集体厌女症还要让人讨厌。"

"我没看过原稿，只看过复印稿。你也读过叔本华啊……"

"因为我来自孟买，所以你觉得吃惊吗？我没有朝你扔石头，西方人对印度人的印象还停留在圣牛、印度酸辣酱和咖喱上。"

"我不是这个意思。"

"但你有暗示。"

"你倒是很适合上道德课啊，我们之中到底谁才是撒谎的人？"

"如果我当时对你说，我的约会地点与你的约会地点方向相反，那么你会觉得愧疚。我从昨天开始明白，你最不需要的就是这个。"

"你很清楚我说的不是这个意思，如果你想我们改天再谈，那么那条留言就当我没留过。"

"好吧，之后再说我们之中谁才是撒谎的人。重要的是你愿意再来见我……现在，你知道我不过是一个普通的电梯服务员。"

"你在我的大楼里工作，我要怎样才能避免见到你……"

"我不希望你勉强自己。我会继续称呼你小姐，只有当小姐需要我的服务时。我很抱歉电话号码弄错了……我向你保证，我们再也不提这件事。"

"是克洛艾，不是小姐！"她大喊道。桑吉走远了。

她一直目送他离开公园。

◆◆◆

迪帕克看着手表，期待桑吉能够准时赶到。他的心愿在五分钟后达成了。

"我尽全力了。"他的侄子气喘吁吁地说道。

"我没说你。午夜一过，要保证每个人都回到家。里韦拉习惯在柜台后面打盹儿，你也可以这样做。但最好定个闹钟，让你能在六点半见人。威廉斯先生六点四十五分会去买报纸。别担心，你晚上不会比我白天辛苦。"

"我想提醒你一个细节，我白天还要干活儿的。"

"里韦拉白天在养老院照顾他的夫人，相信我，那可不是休息。他比你大四十岁，你能搞定的。"

"一句谢谢就可以了……"

"你要明白，无声胜有声。明天见，我把这个地方托付给你了。"

迪帕克来到地下室。里韦拉本来以为有了替换者，住客们的行为应该会恢复正常，但他搞错了。他们不寻常的冷淡让迪帕克越来越担心。威廉斯夫人是典型的嘴碎的妇人，每次从电梯里出来都会向他的胸口扔一把匕首。"这位善良的泽尔多夫夫人召唤奇迹发生，谁敢反对她？在奇迹发生之后，招到一个蹩脚的电梯服务员，而且是来自印度的！难道美国就没有合格的员工吗？"

迪帕克的直觉很少会错，他决定去搞清楚事情的真相。把制服收拾好之后，他来到仓库对面的小房间里，那里的监控记录了晚上十一点到早上七点之间发生的事情。第一个镜头是监视遮雨棚下面的人行道，第二个镜头监视员工入口，还有最后一个镜头放在地下室的走廊里。这套监控设备装了二十多年，没发生什么大事。迪帕克轮番更换六盘旧的 VHS 录像带。

他来到监控屏幕前，把第一盘带子放进去加速放映。在上周三的晚上，发生了一件奇怪的事情。他很吃惊地看到科林斯夫人穿着睡袍走进了仓库，手里拿着喷雾器。他不知道里面装的是什么，但也猜得出这个东西的用途。这盘带子可以挽回他的声誉，思索了几分钟之后，迪帕克把录像带留在了机器里。接下来的深夜抹去了这段意外的到访，他成了唯一的证人。

迪帕克过了一会儿才离开，现在去看里韦拉太晚了，他回家了。

◆◆◆

莫里森先生安全回到公寓。根据迪帕克的建议，桑吉只说了一句晚安就离开了。

快到午夜了，他打了个大大的哈欠，把脚放在柜台上，把椅子的后背往后调了调。无法入睡，桑吉想着怎么打发无聊的时间。他找到了一个本子和一支铅笔，啃了半天笔头，之后才下笔。

凌晨一点，他来到九楼，跨过平台，把折起来的字条塞到门缝里，然后下了楼。直到凌晨三点他才睡着，双臂交叉躺在大堂中间。

闻到玫瑰花香的那一天

    爸爸下午很早就回来了，没有解释原因。我坐在客厅的窗边。他询问我为什么老是待在窗边，我回答说我喜欢观察街上的人。对他来说这是个谜。真正的原因是我喜欢在那里写东西……

    每次喘不过气的时候，我就会看着外面的街道。爸爸每次找我的时候，我都会把日记本藏在屁股下。为什么不对他说我有一本日记呢？因为日记是一座秘密花园，仅此而已。但那一天，爸爸批评我太自闭："我希望你出去透透气，我再也不想看到你在这里待上两个小时！"

    我看着他，一脸吃惊。就连青春期时，他也没有这样对待过我。他为什么这么坚持？于是，我摆出一副无所谓的表情，询问他是否有个情人。这次轮到他一脸吃惊，他不明白这有什么关系！当然有，我才不想跟他解释。

    在被赶出去之后，我出发去华盛顿广场公园散步。我先是围着喷泉转了一圈，然后来到了长椅旁，以前我每天下午都来听一个小号手吹小号。有时候，为了吸引听众，他会在嘴巴里放两把小号。真是个高手！

春天来了，玫瑰花开了。丰花月季、温柔的赫敏、朝圣者、高威、瑞典女王①，我闻到了花香，感觉又活过来了。

回到家里，我感谢父亲，然后又问他是否有个情人。没等他回复，我就来到了卧室的窗边。

---

① 译注：均是月季或玫瑰的名称。

# 17

"我说实话吧，你太夸张了！"山姆抱怨道。

"什么？我准时到了啊！"桑吉表示抗议，把帆布包放在山姆的办公桌上。

"你起码得换套衣服啊。你还穿着昨天的衣服，甚至没有刮胡子。"

"很抱歉，没时间。"桑吉打了个大大的哈欠。

"你还敢这样？"

"怎样？"

"你要见的是住在度假村的人，你居然戴这么大一顶帽子。"

他抬起头，发现自己忘记了取下跟制服配套的帽子。

"好吧，我明白了，放纵的夜晚在清晨刚刚结束，我希望这一切都值得。"

"要知道我可没怎么睡。"

"跟谁在一起呢？"山姆用嘲讽的目光看着他，将身体贴在办公桌上。

"太难解释了，不是你想象的那样。"

"这是被戴绿帽的老公抓包之后的借口。"

"你们太多疑了，这是病，得治。"

"你正好证实了我的疑虑。她叫什么名字？"

"奥蒂斯。"

"这是女性的名字吗？"

"电梯的名字。"

"你们在孟买都是这样吗？你在电梯里过了一夜？"

"差不多是这么回事。"

"你要知道如果出了事故，可以按紧急按钮啊。"

"谁跟你说电梯出事故了？"

山姆从抽屉里拿出一把电动剃须刀，递给桑吉。

"快去洗手间洗漱一下，我们十五分钟后有个会议，记得收拾干净，脱下那顶帽子！"


在会议期间，山姆讲述了他们这个计划的亮点、可以获取的收益、印度市场的大好前景……而桑吉一直在打哈欠。当桑吉在桌子下给他递字条时，山姆差点被气死，他认真思考了他的朋友是否在服用违禁药品。他把字条塞进口袋，努力地完成了他的陈述。

他送客户出门，回来的时候发现桑吉躺在办公桌上睡着了。

"你在干什么？"

"拜托，让我休息几分钟。"

"这个奥蒂斯就这么特别？你开会时递给我的字条是什么意思？"

"你觉得我写得怎么样？"

"滑稽。"

"真的吗？"桑吉一下子跳了起来。

"'唯一不能原谅的事情就是不去原谅'……你一个人想出来的？"

"我记得在哪里读过这句话，很有诗意，不是吗？"

"不，但我还是原谅你。明天给我打起精神来。"

"这不是写给你的，笨蛋。我们俩跟女性相处的经验差不多，虽然有些疑虑，但我还是想寻求你的意见。"

"你担心什么？"山姆问道。

"她还没有决定是否要继续跟我讲话，所以我给她写了信。"

"你不会是在她家门口过了一夜吧？那就太可悲了。你做了什么，她这么责怪你？"

"我不知道是谎言还是电梯服务员的身份让她不舒服……"

"我明白你的帽子是怎么回事了，但谎言是什么意思？"

"我本来可以向她解释，但是她的反应让我不想解释了。"

"解释什么？"山姆生气了。

"你有没有试过去吸引一位女性，但不去假装任何事情，也不去解释任何事情，只做简简单单的自己。"

"没有。"

"我可以在这里睡一小时吗？我不会打扰你，我保证。"

山姆一脸严肃地看着桑吉。

"看看你的周围，你说说看这里像酒店吗？我的办公室可不是妓院！再说我的老板还在。白天的活儿干完了，你回家吧。"

"算了，我自己想办法。"桑吉叹了口气。

他筋疲力尽地离开了，山姆一脸错愕地看着他。

他还有一小时就要上晚班了，几乎没时间回西班牙哈勒姆区换洗，而且还要被拉莉缠着聊天。他步行了两个街区，来到华盛顿广场公园，躺在了第一张长椅上。

◆◆◆

桑吉听到了"嗡嗡"的声音。他睁开眼，看见克洛艾的轮椅消失在小路尽头。他揉揉眼，把手放在胸前，发现了一张小字条，上面写着：

幽默是重要的品质，我喜欢你的想法。

桑吉把字条塞进口袋，往第五大道跑去。在玻璃窗里他看到自己憔悴的样子，有点担心。蜷缩在长椅上，穿着皱皱的衣服，这副模样怎么去吸引其他人。他避开大堂，从员工入口进去，穿上制服，见到了迪帕克。

"你的帽子呢？"他的姑父担心地问道。

"抱歉，我忘记了。"

"我很想知道你忘在哪里了……算了，先戴上我的吧。看起来你也忘记洗澡了。"

◆◆◆

夜幕降临，桑吉等待最后一位住户的归来。莫里森先生踉踉跄跄地走进了大堂，然后又走出去，在遮雨棚那里掉了个头。桑吉马上冲了上去，因为他快要冲到马路上去了。

"你喜欢海顿吗？"莫里森先生打着嗝问道。

"我不认识他。"

"真是太可怕了。如果你问我的话，这真是一场太糟糕的演出了。低音提琴手每一次拉弓都要挤眉弄眼，真是太好笑了……我们出去走走？我知道一个不错的酒吧。"

"您要睡觉了。"

"年轻人，你误解了，我不睡觉。而且我也不认识你。你是谁？"桑吉把他拉到电梯处。

"您的晚间电梯服务员。"

"我完全搞不懂这栋大楼的破事。之前说电梯会有按钮。但是没人告诉我应该按哪一个。"

桑吉关上闸门，启动了手柄。在电梯上升期间，莫里森先生沿着电梯厢的内壁缓缓滑落。

"三句话，我只不过跟你说了三句话，我没唱摇篮曲。"桑吉抱怨道。

他把莫里森先生抬起来，放在平台上，在迪帕克给他的钥匙串里试了好几把才找到合适的，在走廊里，他寻思哪一间才是卧室。莫里森先生此刻是不会回复他的。第三个房间才是卧室，他把莫里森先生放在床上，听到他在呻吟，把他的鞋子脱下来。袜子的后脚跟和大脚趾都破了，这个可怜的男人独身许久。桑吉把他的外套脱下来，帮他整理了靠垫，然后用毯子盖住他，起身离开。

经过浴室时，他犹豫了片刻，觉得应该不会有危险。冲凉实在是太治愈了，他抓起一条干净的毛巾，打了个哆嗦。

客厅沙发的诱惑实在是太大了，再加上前一晚在大堂大理石地板上度过了糟糕的一夜。

桑吉给手机定了闹钟，把它放在耳旁然后倒头就睡。闭上眼睛时，他在想克洛艾晚上是否会出门。如果她闭门不出，那么为什么还要继续做电梯服务员呢？她喜欢的是什么想法呢？他希望能够尽快问她这个问题。

◆◆◆

凌晨四点，莫里森被尿憋醒了，他来到浴室，听到了客厅里的鼾声，他看见一个印度人穿着短裤睡在他的沙发上，他发誓一定是起床的时候撞到了头。

# 18

迪帕克很吃惊地看到他的侄子精神百倍。

"你晚上没干活儿？"

"当然不是。"桑吉非常坚定地说。

"那你的头发应该跟拉莉梦想中的自动洗碗机一样。我希望哪一天能送她一台。过来吧。我把干净的衣服给你带过来了，这是你姑母装好的。"他递给他一个包，"我今晚会待得晚一点，是她要我这样做的，这样你可以休息一会儿。你晚上八点再来换我吧。"

桑吉离开大楼，抬起头看着最高一层的窗户。他相信自己看到了克洛艾，然后跟她打了个招呼。

她往后退，手里捏着那张在门口发现的小字条。

我不知道你说的是哪个想法，但我又有了个想法。下午五点半在公园见，这一次记得把我叫醒。

桑吉

◆◆◆

"你的名字很美，我从没听过。"她在长椅上找到了桑吉。

"你的名字会在孟买引起骚动。"他递给她一块华夫饼，"我在街角买的，它们看起来很好吃。"

"你没有怀疑过我不会来？"

"我可吃不下两个。"

"我们去散散步吧。"克洛艾建议道。

桑吉走在她身旁。他一直很纠结一个问题，犹豫了片刻还是说出了口。

"你跟这个叔本华之间发生了什么？"

"你是对我的生活感兴趣，还是出自礼貌而发问？"

"出自礼貌。"桑吉说。

"来吧，我们去喷泉旁边，那里是这个公园最欢快的地方。"

她说得对。一个手脚不灵便的杂耍演员伸手去抓球，一个女人在地上用彩色粉笔画画，两个男人在草坪上亲吻着，孩子们在喷泉旁玩耍。桑吉坐在石井栏上，克洛艾把轮椅靠在他身旁。桑吉盯着她身上长长的披肩。

"我并不一直是这样的，我失去了一部分身体，我们的故事有一部分也不见了。"

"你的幽默、你机智的回答、你的眼神，甚至是你的微笑，这些在他看来还不够吗？"

"我想换个话题。"

"我不想。"

"你的话让我很感动，但既然你是这场分手的见证人，我要提醒你是我离开了他。"

"并不是……"

"为什么不是？"

"跟你分手的人是我。我不想怪你，你拨错了电话号码。但现在我倒希望这是个美丽的错误。"

"你想让我现在离开吗？"克洛艾开玩笑地说道。

"好吧，我没说清楚，但是我尽力了。如果我是收信人，那么我们会在一起的。"

克洛艾盯着桑吉，看着他如此迷惑，不禁笑出了声。

"我没听过这么胡扯的事情。你简直是疯了。"

"我觉得需要有点疯狂，才不会完全发疯。"

"你无法想象我这些年的经历。"

"从那以后你给他打过电话吗？"

"你在说什么？"

"你明明知道是什么。"

"跟你有什么关系？"

"迪帕克让我好好关照你，我只不过是在做好电梯服务员的本职工作。"

"那你为什么告诉我你是一个商人？"

"你住在一栋壮观的大楼顶层，这个理由难道不够吗？"

"我觉得你好像是在追求我，虽然是以比较笨拙的方式，但是……"

"但是什么……？"

"你不应该过多看重外表，我知道我在说什么。"

"在我们国家，这与外表无关，不同阶层的人从不来往。你会跟一个电梯服务员吃晚餐吗？"

克洛艾的眼神飘到了远方。

"我们换个地方吧，"她建议道，"明天，我下午五点从录音室出来，你知道地址的……"

"是的，我在离那里不远的地方有个约会。"

克洛艾离开了，桑吉在喷泉边坐了一会儿。出发前，他给山姆回了个电话约他见面。霍尔丁格和莫基莫托投资银行的人看过他们的材料，决定见一面。如果有了他们的投资，他相信很快就能筹齐剩余的资金。

"不要跟我说现在搞庆功宴太早！我在米米餐厅预订了位置，那是城里最好的餐厅之一。那里的法国菜可以'秒杀'你的印度数字汉堡。"

"是印度素食汉堡，你真是什么都不懂。我今晚没空。"

"如果是因为那个奥蒂斯小姐，那么可以邀请她一起来嘛。"

"那样的话事情太复杂了，它差不多有三百公斤重。"

山姆长叹一口气，然后挂了电话。

◆◆◆

那一晚，桑吉在上班时没有一分钟的空闲时间。

他认不出刚刚走进大堂的男子，那人手里提着一个小行李箱。他肯定在哪里见过他。他离开柜台上前询问。

"我要去顶楼。"教授回答。

"我需要提前通知一下吗？"

"不了，这是个惊喜。克洛艾回来了吗？"

"我没法儿回复你，这是规定。"桑吉关上了电梯的闸门。

"谁定的规定？"教授在上到四楼时问道。

经过五楼，桑吉才想起来这个乘客是那天跟克洛艾在克劳德特餐厅就餐的男士。

"我不确定她是否喜欢惊喜。其实很多女人很讨厌惊喜。而我必须遵守规定。"桑吉在扭动手柄时嘀咕着。

电梯在七楼和八楼之间停下了。如果是在其他场合，这位替换者的职业准则还是蛮有趣的。但是布龙斯坦教授在东西海岸之间飞行了十小时，他的幽默感已经被耗尽了。

"你最好能尽快把电梯开动起来。"

"你要先告诉我你是谁！"

"她的父亲！"教授很生硬地回答。

桑吉马上开动了电梯。

"非常抱歉，我本希望在更合适的场合认识您，但是……"

"你们有规定，"教授打断了他，"我明白了，但是现在如果你不觉得麻烦的话，我想尽快回家去拥抱我的女儿，我向你保证，她见到我肯定会非常高兴的。"

"我也是这么想的……不，这不是我的意思……晚安，克洛艾先生……这也不是我想说的。"他结巴了，"但是我不知道你们的姓，因为迪帕克总是叫她克洛艾小姐。"

"布龙斯坦，布龙斯坦教授！"

桑吉下楼了，满脸通红。他刚刚到达大堂，八楼就在呼叫他。

威廉斯大妇穿着晚礼服，先生穿着燕尾服，女士穿着长裙。

"非常时髦。"桑吉恭维道，他们俩说不出话来了。

过了一会儿，克莱尔夫妇呼叫他，他们担心看电影要迟到了。

"哪部电影？"桑吉问道。

"《爱乐之城》。"克莱尔先生回答。

"我听说这是最伟大的……没事，重要的是演员们都是优秀的舞蹈家。"他总结道，护送他们走出大堂。

克莱尔夫妇在遮雨棚下交换了一个眼神，然后钻进了桑吉帮他们拦下的出租车。

莫里森先生没有去看歌剧。事实上，他只是没有出门。从夜幕降临以来，他一直在客厅里走来走去，给自己倒上一杯威士忌，眼睛转个不停，时不时检查一下他的沙发。

更少见的事情也发生了，科林斯夫人居然在晚上八点五十分呼叫他。她手里提着个小箱子，在电梯里开口抱怨说房门锁不上。

"我做不到！通常来说，都是迪帕克帮我的。"

桑吉提出帮助她，但是科林斯夫人回答说她家的锁实在是太狡猾了，她很怕第二天打不开门。

"我今晚不睡了，"优雅的老太太咯咯地笑，"我有个朋友在上西区搞了个桥牌比赛。还有酒可以喝，我就在她那里睡了。"

"别喝太多，如果你想赢得比赛的话。"桑吉建议道。

"谢谢你的建议，年轻人。"她上了出租车，关上了门。


午夜时分，住户们都回到家中。把克莱尔夫妇送上楼后，桑吉想知道他们是否喜欢那部电影。

"一部充满魅力的音乐剧。"克莱尔夫人非常享受。

桑吉很激动地建议他们去看《当哈利遇到莎迦》，一部比原著更加欢快的翻拍片。

科林斯夫人今晚不在公寓过夜。于是桑吉拿出钥匙，去她的客厅睡觉。

把假肢收起来的那一天

　　每次我穿上假肢，就像是有两把刀刺入我的肉体。让自己站起来需要付出巨大的努力，走上几步路，晃晃悠悠，就像是走不稳的机器人。我就是一个水手，使劲拉住舷墙，在暴风雨中的舰桥上晃动。

　　站立的我不再是一个女人。

　　假肢在壁橱里躺着，我就这样坐着吧。要接受这样的生活方式，不要去假装。

# 19

莫基莫托先生听山姆讲了两个小时，偶尔做做笔记。突然，他用圆珠笔敲打着桌子，示意说面谈结束了。

"可以让我们单独待一会儿吗？"银行家问山姆。

桑吉为了让他放心，给了他一个确信的眼神。山姆收拾了资料，在走廊上等他。

"你的合伙人非常有说服力。"莫基莫托继续说。

"但是？"桑吉问道。

"你为什么觉得会有个但是？"

"这是套路。"

"我想了解真正促使你们想出这个计划的动机。"

"我不确定你是否想知道，商界不是理想主义的天堂，但既然你问到了……我的算法跟其他人的不同。它给出的不是你寻找的信息，或者说让你思想坚定的观点。确切地说，这只是初期的功能。之后它会给你提供不同的观点、证据和感受，给你打开其他生活方式的大门。我创建的社交平台更注重人际交往，而不是虚拟关系。在发布一个内容时，无论照片上是我们经常出没的地点，还是我们喜欢的摄影作品，用户都可以选择私密度，做自己私生活的主人。跟脸书正好相反，这里的算法不会决定用户看到信息的顺序。还有广告也是禁止的。我们的用户不是现金奶牛，我们不窃取他们的数据。总之，我们跟竞争者是完全相反的做法，就像山姆讲述的那样。不仅仅是用户之间的共同点让他们聚集在一起，更多时候是他们的不同点让他们有所交集。如今的社交圈是封闭运行的，它将我们分裂开，对立起来，种姓制度让整个印度的统治阶层变得腐朽不堪。想象这样一个社会——人们互相倾听，而不是互相仇恨。我们想让人们互相认识，互相了解，互相尊重，扩大视野，消除仇恨以及仇恨带来的无知。"

"这个方法至少可以说是不合时宜的。"

"我的家庭让我意识到了这一点，我曾经怀疑过你的反应是否会有所不同。我可能搞砸了山姆刚刚的努力，但我不是一个伪善的人。"桑吉站了起来。

"等一下，我还没说完。我的大儿子今年二十三岁。前天，他对我说他认为政府管理国家的方式非常糟糕。美国比以往更加分裂，四处都是不平等的现象，掌权的人似乎永不后退，接下来的话我就不多说了。他的批评不是没有道理，我姑且承认。教育计划、健康计划、资助计划、环境保护、公正和公民自由，我的朋友们以一种毫不留情的方式摧毁了一切。上周，国家第三领导人很高兴地通过了一项税务改革，教员每周可以多赚一点五美元。保罗·瑞安[1]在科氏工业[2]那里拿到了五十万美元的收入，因为他让工业巨头节约了十五亿美元的税款。我不是在开玩笑，跟这个国家的其他商业巨头一样，我也从中获益，我今年的利润比往年高得多。于是，我向我儿子提出了以下问题：作为一个有责任心的银行家，如果有一天我收走了他的房子、车子和健康保险，他会怎么反应？我增加了他孩子的教育费用，规定了工资上限，甚至用一台厉害的机器替换了他的工作。总之，当我摧毁了他可以体面地生活下去的所有希望时，他会生气吗？他会讨厌我吗？他回答我，他当时就已经生气了。但他的愤怒只会带给这个世界更多的仇恨和挫败。我根本不在乎他的感受，虽然他的出发点看起来很高尚，但这不会阻止我们继续压榨他们这个阶层。工业、商业、农业、银行，甚至是信息业，这些都属于我们。至于政党，他们早就被我们玩弄于股掌之上了。"

"为什么要这样羞辱你的儿子？"

"为了让他停止这种愚蠢的思考，只要他还有力气吃喝玩乐，其他的都可以滚蛋，他也别想去反抗世界，他只要活着就好！"

---

① 译注：保罗·瑞安（1970年1月29日—），曾任美国众议院议长、议员。

② 译注：美国科氏工业集团总部位于美国堪萨斯州，是全球最大的非上市公司。

"你这长篇大论跟我有什么关系？"

"我马上说到重点。我们有钱，但没处花。我们已经走得太远了，我的朋友们给民主党献金，他们对权力的欲望是无法被满足的。如果你愿意的话，可以称之为忏悔，我希望给这个制度一点冲击，在一切还来得及之前。我有这个资本。告诉在外面等候你的朋友吧，让他把合同寄过来。你们的钱到手了，如果你能接受我这样的投资者。"

桑吉盯着银行家的眼睛，然后迅速离开了。

他像一阵风似的掠过山姆，跑下楼梯，然后拦了一辆出租车，来到了二十八号大街。

◆◆◆

克洛艾在人行道上等着。桑吉为他的迟到感到抱歉，他扶住了她的轮椅，然后开始疯狂前行，在人群里冲刺着。

"我可以知道你想干什么吗？"

"跟这辆公交车比赛。"桑吉回答，"我跟你打赌，我们比它先到河边。"

"谁告诉你它是去河边的？"

"不知道，但我们要去河边。"

"我可以问一下你为什么这么高兴吗？"桑吉决定把车子慢下来。

"跟你在一起难道不是一个充分的理由？"

"该死！我把书忘在了录音室，今晚还想排练呢。"

"我晚点去取回来。"

"你为什么愿意为我做这些事？"

"我喜欢为人民服务……不然，我不会做电梯服务员。"

在抵达哈得孙河边时，他们从高架桥的旧轨道下面穿过去，那里被改造成了人行道。桑吉抬起头，惊叹这庞大的金属架构。克洛艾指给他看三十号大街上的电梯。

他们沿着绿色的河流漫步，从切尔西区一直走到了纽约肉库区，两个跑步的人经过他们，迅速消失在远方。

"我说这话不是为了显摆，几年前，我可以轻松超过他们。"

"你不想穿假肢吗？"

"假腿？我的衣柜里摆着两只金属腿肚加陶瓷脚。它们只不过是为了缓解其他人的痛苦，而不是我的痛苦。"

"我不是说外在的美感，而是你能够站起来，重新走路。"

"你试着踩一大高跷，然后我们再聊。"

"你不需要一直穿着它们。我的父亲在睡觉前会把眼镜摘掉，虽然……有时候他睡午觉时会忘记取下来。"

克洛艾哈哈大笑。

"我说了什么？"

"你真是一个很幽默的人。"

"这是件好事吗？"

"对其他人来说不一定，对我来说，是的。"

"能让你开心是我最大的愿望。"

"别这样，拜托。"

"怎样？"

"这种诱惑的游戏。现在不是时候，而且会造成伤害，就像假肢一样。"

"这不是游戏，你害怕什么？害怕有人喜欢你？"

克洛艾转过身，看着不远处第十大道上的台阶。

"你看见那对观察我们的夫妇了吗？我的轮椅吸引了他们。"

"你真是自信啊！"

"谢谢，但我不知道是因为什么。"

"你总是坚信人们的视线在你身上。我才是他们观察的对象，他们在想我是你的一个朋友还是用人。要知道，我可是你的电梯服务员。"

"瞎说什么！"

"你的轮椅很先进，而我有着深色的皮肤，在你看来，哪个更吸引人？"

克洛艾盯着桑吉看。

"过来点。"她悄悄地说。

她用胳膊环绕住桑吉的脖子，然后在他的嘴唇上亲了一下。就像电影里的一个吻，仅仅是一个吻，桑吉的脖子马上就红了。

"好了，现在他们知道你不是我的用人了。"

"其他人的观点对你来说很重要吗？"桑吉问道。

"我才不在乎其他人的想法。"她回答。

"真的吗？"

"我刚刚说了。"

"那你为什么吻我？"

在克洛艾回复之前，桑吉回了她一个吻，这次是一个真正的吻。

过了好长时间，两个人的心才恢复了平静。他们默默相对，彼此都很吃惊。他们继续前行，没有说出一句话。

他们重新回到大路上，游客很多，克洛艾很难在人行道上前进。桑吉找到了一家冰激凌店。他们没法儿坐在高椅子上，桑吉盘腿坐在地上，正对着克洛艾的轮椅。

"这是第一次有一个男人坐下来。"她笑了。

桑吉拉起了长方形毯子的下端，不高兴地噘了噘嘴，这个举动没有冒犯克洛艾，反而逗乐了她。

"你没有问我到底发生了什么。"

"这样不好吗？"

"第一次，我以为你不敢，然后……"

"然后什么？"

"我觉得你的做法很贴心。"

"我也许是个自私的人，不在乎在你身上发生的事情。"

"也许吧。"她继续说。

桑吉看着她，站起来。

"我在上班前还有件重要的事情要做。你可以一个人回去吗？"

"我想可以的。"

"在我的马车变成南瓜之前，请允许我向你告别，小姐。"

他亲吻了克洛艾的后颈，然后离开了。

◆◆◆

桑吉在大堂里过夜，沉迷于刚刚从录音室拿回来的书。

每看完一章，他就走出大楼，穿过街道，抬起头，看着九楼的窗户，然后回到柜台后，继续读下一章。

# 20

上午十一点，一名警察出现在大堂，他出示了警徽，询问是否有一位科林斯夫人住在这里。

"她发生了什么事？"迪帕克担心地问道。

警察让他带他上楼。

在这之前，迪帕克唯一一次跟警察打交道是在十三岁的时候，棍子打在身上的记忆让他失眠了好久。在电梯里，警察注意到他握在手柄上的手在发抖。

当科林斯夫人打开门后，警察再次出示警徽。

"你没有浪费时间，我一小时前打的电话。"

"通常来说，人们跟你说的正好相反。"皮尔盖警官说，"我可以进来吗？"

科林斯夫人让他进来，并给迪帕克使了个眼色，她从没见过他的脸色如此苍白。她在客厅里接待警官，向他陈述事实：今天早上穿衣服时，她发现一条贵重的项链不见了。

她清晰地记得前一天晚上还在，因为她当时在犹豫要不要戴着它去参加一位女性友人的聚会。

"哪位女性友人？"警官随意地问道。

"菲洛梅纳·托利弗，我们是相识已久的老朋友。每三个月我们在她家打一次桥牌。她的聚会上总是有很多酒，所以我在她家过夜。"

警官在笔记本上记下了菲洛梅纳·托利弗的名字和地址。

"你经常不在家过夜吗？"

"每三个月一次。"

"除了你的朋友和她的客人，还有谁知道这次聚会的日期？"

"她的管家、她找来的厨师——菲洛梅纳连炒鸡蛋都不会做——她的门房，也许还有其他人，我怎么知道？"

"你坐出租车时，有没有提到你那晚不回家？"

"我没有那么幼稚，但我也想不起来跟谁说过。"

"白天，你出去过吗？"

"有时候，比如下午。"

"去哪儿？"

"这跟你的调查有什么关系？我去散步，我有这个权利。"

"我不是来盘问你的，夫人，我只是把所有的犯罪嫌疑人先列举出来，看谁知道你的公寓里没人。"

"我明白，我尽力在帮你。"科林斯夫人很惭愧地说道。

"这条珍贵的项链，你最后一次看到它是在什么时候？"

"这是我去世的丈夫送给我的，我一直把它放在首饰盒里。"

科林斯夫人的壁橱倒下了，衣服散落在地上，浴巾在角落里堆着，五斗柜的抽屉开着。

"看来他并不是双手空空离开这里的。"警官叹了口气。

科林斯夫人低下了头，警官很可怜她，看着她默默无语。

"入室盗窃是比我们想象的可怕。"

"不，不是这样的。"科林斯夫人嘀咕着，"我只是有点犯糊涂，我的丈夫也这样批评过我！我没法儿跟你说到底是窃贼还是我造成了这一片混乱。"

"我明白了，"警官叹了口气，"让我来检查一下你的项链是不是在这一堆乱七八糟的东西里。别碰抽屉，我要提取指纹，首先是你的。如果发现了什么东西，我可以从中排除掉你的指纹。"

"当然可以。"科林斯夫人表示歉意，"你能帮我整理吗？"

"不了，我要先去检查门锁。有按铃服务吗？"

"在厨房里。"科林斯夫人回答，指向走廊的尽头。

他过了一会儿来找她。壁橱还是一团糟，没见有多整齐。

212

"这是唯一被偷的首饰吗？"

"不知道，其他的都是仿制品，我没怎么注意。"

"所以小偷知道他要找的东西。现在就是要查出他是怎么进来的。"

"我之前没法儿锁门，对懂行的人来说撬门不是难事。"

"没有任何入侵的迹象，真是高手，除非他有钥匙。"

"不可能，我的钥匙一直在。"科林斯夫人打开了包。

"你没注意到什么不寻常的事情吗？也许有人跟踪了你好几天？"科林斯夫人坚决地摇摇头。

"好了，我做了我应该做的事情。你来警察局签一份证词，可以吗？"

科林斯夫人回答可以。警官给了她一张名片，请她在想起任何有关犯罪嫌疑人的信息时给他打电话。


警官在迪帕克送他下楼的时候询问他。

"这几天你没注意到什么不正常的事吗？"

"这要看你怎么定义所谓的正常。"迪帕克很冷静地回复。

"我想，在这样一栋房子里，应该没有无聊的事。"皮尔盖开玩笑说，"以前发生过入室盗窃吗？"

"从三十九年前我开始工作到现在，从没发生过。"

"这件事不是很明了。"警官嘀咕着，"你们这里有摄像头吗？"

"有三个，你要看录像吗？"

"没错，最近有外人进来吗？客人、调查员、工人……"

"没人，除了上周的两个电梯安装工人，但戈鲁拉先生和我一直跟他们在一起。"

"戈鲁拉先生是谁？"

"在二楼办公的会计师，他也是业主委员会的主席。"

"他会接待客人吗？"

"很少，几乎没有。"

"会有快递员上楼吗？"

"他们只在大堂行动，我们负责把包裹送上去。"

"我们？"

"里韦拉先生值夜班，我上白班。"

"你的同事几点来？"

"现在他来不了，他在医院。他不小心从楼梯上摔下来了。"

"什么时候？"

"大约两周前。"

"谁替换他？"

迪帕克犹豫了一下。

"这个问题并不复杂。"警官很坚持。

"我的侄子，好几天了。"

"他住在哪里？"

"我家。"

"他没有别的住处？"

"有，在孟买。他最近在纽约办事。当里韦拉先生出事之后，他很好心地提议帮助我们。电梯只能由人工操纵，我同事的缺席造成了不少麻烦。"

"你的侄子从孟买来，替换你受伤的同事，这件事有点蹊跷。他有工作证明吗？"

"他的手续正在办理，工会会给我们颁发实习协议。桑吉是个诚实的孩子，我可以保证。"

"你们真是太好心了，但这不是托词。好吧，把录像带给我。我希望它们跟你一样健谈。你要你的侄子尽快来警察局见我，我有问题要问他。"

迪帕克去地下室找录像带，然后拿给了警官。

"这位科林斯夫人神志清晰吗？"

"她是最迷人的业主。"

"她的丈夫去世很久了吗？"

"科林斯先生十几年前就离开我们了。"

"这些住客什么时候回家？我需要盘问他们，我不想来太多次。这不是世纪大案。"

"你可以在傍晚见到他们。"迪帕克回答。

◆◆◆

克洛艾去厨房准备早餐，突然又在走廊里转过身来。前一夜没有字条从门缝里插进来。她早上十点出发去录音室时才发现她的书在门垫上，里面还有一张字条。

我想请你帮个忙，晚上六点在公园边的街角见。

桑吉

◆◆◆

录音没完没了，室内太热，录音师一直打断她。发音不够准确，漏了一句话，读得太快，或者太慢。下午四点左右，克洛艾决定最好还是先暂停。

她回到家换了身衣服，迪帕克看到她再次出门觉得很吃惊，她注意到了他的眼神。她朝公园前行，桑吉正靠在公园的门口等待。

"我们本可以在我家附近见面。"她在到达的时候说道。

"我不想让迪帕克看见我们」。"

"是你，还是我们？"

"我想给姑母买一件礼物，感谢她让我住在这里。我不知道她喜欢什么，我需要你的意见。"

既然是有求于人，桑吉向克洛艾提议由他来推轮椅。

"不，你推起来就像是一个疯子。"克洛艾回答，"我们这次去哪儿？"

"离这里两条街远。"

"你跟迪帕克是亲戚吗？"

"你怎么会这样想？"

"没什么特别的。"

"我们两个都是印度人……"

"这是个愚蠢的问题。"克洛艾回答。

"我的姑母是他的妻子。"

"所以我的问题并没有那么愚蠢。"

桑吉推开了大学广场大街和十号大街交叉处的花店的大门。

"你买花需要我帮忙吗？"

"我不知道她喜欢哪些花。"

"我最爱的就是古老的玫瑰，像这种。"她停在一束亚伯拉罕·达比前面，"至于你的姑母，我有个比花更好的主意。"

她把他带到了一家甜品店。

"各种各样的蛋糕！迪帕克可以大快朵颐了！"

"奇怪，你似乎比我更了解他们。"

"这不奇怪，我跟迪帕克认识很多年了。"

"你喜欢什么呢？"桑吉在橱窗前询问她。

"茶，你来选吧。"

他们分享了一壶阿萨姆红茶,外加两块酥皮蛋糕,还有片刻的尴尬。

"我没有这种习惯。"桑吉最后开了口。

"买花？"

"亲吻一个刚刚认识的女孩儿。"

"是我吻了你。但这也不是我的习惯，特别是在分手的第二天。"

"这样的话，我们就当作没发生过吧。"

"怎么做？"

"我们就像成年人那样处理。"

"说话的这个人昨天还像疯子一样把我推出去，还不知道怎么选花。但如果这是你希望的……"

桑吉靠在桌子上，低下头去亲吻克洛艾，克洛艾不好意思地转过了头。

"里韦拉先生康复后，你就要回孟买了吗？"

"如果他康复得快，是的。"

"如果没有，那你怎么办？"

"最多再待两周，也许三周。"

"这样的话，我们最好还是……"

"我们之间的距离有多远？一个大洋、两个大洲，或者是八层楼？"

"不要觉得受伤，你认为像我这样的女孩儿……"

"我从没遇见过像你这样的女孩儿。"

"你才刚刚认识我。"

218

"太多人因为不同的原因错过了彼此。为了获得幸福冒冒险又何妨？如果里韦拉先生康复的那天是世界末日，我们难道不应该好好利用剩下的日子吗？"

克洛艾看着桑吉，嘴角掠过一丝苦笑。

"你继续吧。"她低声说。

"说服你给我们一个机会？"

"不，亲吻我，这一次，小心，别弄翻了茶壶。"

桑吉低下头，抱住了克洛艾。

"这样对里韦拉先生来说不公平，他离开医院的那天怎么会是世界末日呢？"克洛艾在离开茶室时抱怨道。

◆◆◆

皮尔盖警官下午六点回到了第五大道十二号楼，盘问其他的住客。

泽尔多夫夫人在得知她的屋檐下发生了盗窃事件后浑身哆嗦。她对事件的调查毫无帮助。她没有提到最近发生在电梯服务员身上的事情。也许没有他们，小偷还会到她的公寓去。

莫里森先生非常谨慎。他犹豫再三，说他见过一个有色人穿着内裤在他的客厅里睡觉。警官数了数矮桌上的空酒瓶，唐纳德·特朗普还穿着芭蕾舞短裙来到他的厨房唱过歌吧，这应该是他这辈子最痛苦的体验之一。

克莱尔夫妇什么都没有听到也没有看到。克莱尔夫人被迫详细讲述了她这段时间的行程表，警官打断了她。他没有怀疑她什么。

威廉斯夫人话很多，她讲述了那两个电梯安装工人来更换电梯时发生的事故。几分钟内，她认为自己解决了整个案子。电梯服务员有意损害了设备，为了不让住客们安装新的电梯，他们想恐吓所有人，保住他们现在的工作。她还怀疑迪帕克的同事在这个年龄从楼梯上跳下来，只是为了开个玩笑。威廉斯夫人身上散发出一种药味，这让警官想到了樟脑膏——他的婶婶玛莎用它来治疗静脉曲张，这一点让他觉得反感。

"我也调查过。"她继续说，"这栋大楼总是有事故发生。我发现我们新的电梯服务员是迪帕克的亲戚，你不觉得奇怪吗？"

"这应该不是一场艰难的调查。我还没开口，他就告诉我了。我妻子的教女去年夏天在警察局做接线员，按照你的说法，可以称之为走后门，但不能就此控诉我妻子犯了罪……"

"好吧，那你为什么不好好做你的本职工作呢？为什么要浪费我的时间呢？"威廉斯夫人表示不服。

他们两个人都看对方不顺眼。最后警官离开了，关上了门。

警官在大堂里遇见了克洛艾，并让她在家里等他。

他从她那里得知到底发生了什么事，也注意到她是第一个也是唯一一个对科林斯夫人表现出同情之心的人。警官询问了电梯服务员的事情，克洛艾询问威廉斯夫人是不是还在散布谣言。这一年以来，她的排外思想越来越严重，只需要看看她丈夫在福克斯新闻上的专栏报道，就知道他们俩是一丘之貉。

"你们这栋大楼真是人才辈出。"警官调侃道，"你从这扇窗户看不到什么异常的事情吗？"他盯着克洛艾看。

"为什么这么问？"

"没什么，我的直觉告诉我，我们之间有相似点。"

"观察，但不评论，警官。"

"你跟新的电梯服务员有来往？"

"有什么关系吗？"

"为什么不直接回答？"

"他是一个亲切、慷慨的人。"

"你们才认识不久，你就对他有如此高的评价。"

克洛艾看着他，神色复杂。这个警官看起来是个靠谱的人。她体验到了与桑吉把她抱起来放进出租车时同样的感觉。这个感觉每次在桑吉出现时都会浮现出来。

既然她不说话，警官就离开了。

在电梯里，他问迪帕克是否知道小偷是如何躲过他的视线钻进了大楼。

"这是个神秘事件。我们每次在楼层内部时，都会关闭大堂的门。"迪帕克解释道。

在警官离开之后，迪帕克想起了那天早上把东西带给他侄子时，发现他身上收拾得很干净。

◆◆◆

"天啊！你为什么送我蛋糕？"拉莉咧开嘴，露出了一个大大的笑容。

"为了感谢你们接待我。"

"看看你为我们所做的一切，我才是要好好感谢你呢！"

"我能提一个私人问题吗？"桑吉坐在厨房的椅子上。

"你提吧。"

"你是怎么有勇气逃离印度的？"

"你的问题没有组织好。害怕让人逃离。勇气让人前进，拥抱新生活……勇气，就是希望。"

"但你也放弃了一切。"

"没有放弃最重要的。另外，我不是逃走，我是跟迪帕克一起离开了。我希望你明白其中的不同。"

"你怎么确定他就是那个人？"

拉莉脸上的笑容更甜了。

"她叫什么名字啊？拜托了，跟我说实话吧！人们提这种问题，就是心有所想。"她把食指按在桑吉的胸前，"她住在孟买吗？当然不是，不然你不会询问你的姑母。"

桑吉不说话。

"还不开口？你想要我说什么？你知道他就是那个人。我们可以列举所有的理由，特别是不好的，遮住自己的眼睛，不看证据，但事实上，我们唯一的选择就是抓住眼前的机会，不让它溜走。如果我当年没有跟随迪帕克离开，我也许会花一辈子时间埋怨他。"

"你从不担心你们之间的不同？"

"我给你一个诚挚的建议：如果你身处一个所有人都跟你一样的世界，那还不如趁早溜走。看看现在几点了，如果你不想迪帕克给你脸色看，最好不要迟到。"

桑吉看看厨房的吊钟，然后跳起来往浴室冲去。

他到达第五大道十二号楼时只迟到了半个小时。

◆◆◆

桑吉看到他姑父的脸色，决定先发制人。

"之前是说晚上八点。"

"那是昨天。算了，至少你今天来了。你看到你姑母了吗？"

"没有，怎么了？"

"所以你什么都不知道？"

迪帕克给他讲了大楼里发生的偷窃事件。

"难以置信！"桑吉叹了口气。

"难以接受！"他的姑父反驳道，"不管你那一晚用的是哪把万能钥匙打开了门，在科林斯夫人的房间洗澡休息，我希望你没有忘记在离开前锁好门。我不想知道其他事情。今晚机灵点，这个小偷可能会回来。"

迪帕克把警官的名片给了桑吉，再次叮嘱他："说得越少，悔恨越少。"

"他明天想见你。记得我跟你说的。另外，赶紧去穿制服，我想回家了！"

桑吉在手里玩弄着那张名片，然后把它放进口袋，来到了地下室。

# 21

桑吉跟山姆的约会在一小时后。桑吉把手放在外套的口袋里，看了一眼迪帕克给他的名片上的地址。警察局位于十号大街，在哈得孙大街和布利克大街之间。十分钟就可以走过去，在现场花十五分钟，然后花二十分钟去见山姆，也许这一次还能提前到。

他来到第六分局的前台，找皮尔盖警官。

"你找皮尔盖警官干吗？"一个男人用手指敲打着热饮自动贩卖机。

"我没事，是他想见我。"

警官转过身，打量着他的来宾。

"是的，那个寡妇的项链，可以给我的职业生涯锦上添花。好吧，跟我来。我本来想请你喝咖啡，但该死的纸杯拿不出来。"

桑吉不确定自己是否掌握了一切，更不知道这位警官的心情为何如此激动，但还是跟着他走进了隔壁的房间，坐在警官指定的椅子上。

"那么你就是第五大道十二号楼的临时电梯服务员。"

谨遵迪帕克的教导，桑吉只是点头表示赞同。

"大楼的监控录像很有趣。你零点二十分离开了柜台，到早上六点十分才回来。第二天也是如此，你从零点到早上六点都消失不见了，这段时间你在哪儿？"

"我在睡觉。"

"嗯，在哪儿睡？"

"在地下室的仓库里。"

"这就奇怪了，因为你没有出现在地下室的走廊里，要知道那里也有摄像头的。第二天晚上，你对工作也很尽责，但你的小伎俩很耐人寻味。你大约每隔一小时就走出大楼，过一会儿再回去。我就觉得奇怪，所以来到对面的餐厅，它的正面也有摄像头。我看了监控后觉得更加纳闷儿了，你穿过大街，站在人行道上盯着窗户看。你是在数阳台上的鸽子吗？"

"你有证据说明这桩盗窃事件是晚上发生的吗？"

"科林斯夫人说她下午会出门两个小时，但小偷很少在白天行动。你的姑父向我们保证他每次上楼时都会把大堂的门锁上，但你不会这样。"

"不是的，我等最后一个住客回来后就会锁门。"

"但是摄像头不是这样说的，这可对你不利。"

"要起诉我吗？你在怀疑我吗？"

"这栋大楼四十年来从没发生过盗窃事件，这不是我瞎掰的，你的姑父是这样说的。就在你开始工作几天后，发生了入室盗窃，项链被偷。入室盗窃这种说法太夸张，这个小偷简直就是魔术大师，门锁没有被强行破坏。他也许是穿墙而过……或者说他有一把万能钥匙……就像你一样。有一个住客发现有个人大半夜在他的客厅里晃悠。我要承认那个住客的证词不值得信任，因为他喝醉了。但是你刚刚撒谎了，你说你在地下室睡觉。我仍然不知道你在哪里闲逛。但现在看来，你的证词也是……"

"你要把我关起来？"桑吉很担心，"但你没有证据。"

"证据还没有到手，但有着合理的假设。如果没有律师来保释你，那你就在这个警察旅馆里享受一下免费的招待吧。"

"我看起来像是个罪犯吗？"桑吉用狐疑的眼神盯着皮尔盖。

"老兄，如果这么简单的话，我的工作就轻松多了。还有一件事情也让我心烦。一个蠢货才会留下那么多证据，而你看起来那么狡猾……"

皮尔盖要桑吉跟他走。他们去填了一个表格，然后拍了头像照。

"我想动机才是最重要的。"

"一条价值连城的项链，这应该是个很好的动机。不是吗？"

"我拿着项链干吗？"

"销赃分子分你一半的钱。如果我有这么多钱，相信我，我知道可以拿去做什么。二十五万美元，相当于一个电梯服务员多少年的工资呢？"

"对电梯服务员来说，我还真不知道，但对我个人来说不算多少钱。"

警官盯着桑吉的眼睛，然后把他交给两个穿制服的警员。他们提取了他的指纹，然后给他拍了正面照和侧面照。

桑吉想打电话，但警员没有理他，锁上了房门。

◆◆◆

上午的高峰期结束了，迪帕克终于可以缓口气。他的手机响了起来。他叹了口气，来到九楼。

"你不下楼吗？"他看到克洛艾面对着他。

"你今晚离开之前可以把这封信放在柜台上显眼的地方吗？"她谢过他，然后关上了门。

迪帕克没有提问。在接下来的一小时里，他的眼睛盯着克洛艾递给他的信封，上面写着他侄子的名字。

◆◆◆

下午六点，一辆出租车停在布利克大街和十号大街的十字路口处。山姆从里面出来，随行的还有公司的法务负责人。

"我们重复最后一次。"他一边朝警察局走一边说。

"你让我做的完全是违法的事情。"

"除非你做得太差，不然就不算。"

"我不是律师啊，混蛋！"

"你是从事法律行业的，不是吗？"

"但这两者之间没关系！"

"有关系，你就是他的律师，得把我的哥们儿弄出来。问问他被指控犯了什么罪，你解释说他们没有任何证据或者没有任何理由关他。如果有必要的话，就威胁说去找法官，然后你就可以把他带出来了。"

"如果他们有证据呢？"

"什么证据？如果桑吉在地上捡到了一张一百美元的纸币，他会拿到失物招领处。这真是一场肮脏的交易，他们抓了一个有色人，事实如此。"

法务根本没有听进去一个字，他在背台词。

"我跟你说，这件事过后，你欠我一个大人情！"

"行，你提醒了我。是谁帮你组织了那场约会，那个在五楼工作的女孩儿是谁来着？玛丽萨、玛蒂尔达、玛莉卡……？"

"是梅拉妮，你只是……"

"我找了八个同事组织了一场晚餐，为了让你坐在她的旁边。如果我没有花一整晚吹嘘你的光荣业绩，那么你连一丁点机会都没有，现在拿出你的实力来，不然我有充分的理由对她说我对你的工作不是很满意。我等着，每过半个小时，你在我这里的评级就会下降一档！"

三十七分钟过去了，法务从警察局走出来了，浑身是汗，但桑吉在他身边。

"怎么样？"山姆问道，"什么都别说，我知道，这是警方的失误，而且是巨大的耻辱！为什么不早点打给我？"

"因为在今天上午之前他们不准我打电话。警官想消耗我的精力，他想要供词。"

"什么供词？不，我们在做梦！我可以跟你保证我就认识一个准备投诉警察的，如果我们今天所有的约会都取消了，你能想象损失有多大吗？"

"如果我是你，我就什么都不做。"法务嘀咕着。

"你就算了吧，在警察局扮扮律师还行。当我需要你的意见时，我会开口的。"

"随便你怎么说，不过你的朋友是被人怀疑在他工作的大楼里偷了东西。"

山姆吃惊地看着他。

"什么大楼？什么工作？"

"电梯服务员！"法务叹了口气。

山姆无法相信自己的耳朵，转过身朝向他的朋友。

"过来吧，我们谈谈。"桑吉说。

◆◆◆

桑吉从前一天晚上开始就什么都没吃。在附近的餐厅狼吞虎咽地吃下一块比萨后，他把一切告诉了山姆。

"在电梯里过夜……你难道找不出一个更简单的方法来追求一个坐轮椅的女孩儿？"

"这不是预先策划好的，只不过是恰好而已。"

"什么意思？"

"你肯定不会怀疑我是小偷。但是要知道我可以的，我就睡在科林斯夫人的沙发上，那一晚她不在家。"

"你做了什么？"

"不管怎样，如果是那一晚或者是前一晚窃贼来过公寓的话，我本应该能听见。"

"什么意思？你还闯过其他人的公寓吗？"

"在莫里森家住过一宿，不过他喝醉了，什么都不明白。我很清楚，是我把他放到床上的。"

"我是在做梦吧，等梦醒的时候我会狂笑不止的。"

"等到明天这个案子结了，我们两个可以随便笑。"

"在我发狂之前，我想跟你确认两三个细节。一桩盗窃事件发生在……我都说不出口……发生在你工作的大楼，你在那间公寓里留下了指纹，你没有不在场证明，更何况你还有备份钥匙。我今晚就让你过境加拿大得了。你知道这个国家的司法系统是怎么运作的吗？别这样傻笑了，真没什么可笑的。"

"可是，山姆，我是无辜的。"

"无辜的外国人，这条项链值多少钱？"

"差不多就是你想让我投资的数目。"

"这个秘密不能跟其他人说。我马上给你请一个律师，一个真正的律师，他会很轻松地证明以你现在的身份根本没有理由去偷东西。"

"那就是说印度电梯服务员是有罪的。也就是说如果罪犯是个有钱人，那么他就可以洗清罪名了吗？如果我是以这种方式逃脱罪名的，那我一辈子都会指责自己。"

"你真是气死我了，桑吉，还有你的那些狗屁原则。我也在冒险，如果我的老板得知你犯下的事，那么我马上就会被解雇。按照我的方式去做，然后再面对你的良心。"

"我要去睡觉了，我明天会想清楚的。谢谢你。"

自从来了纽约，桑吉睡过一张沙发床、玫瑰花大理石铺成的大堂地板、一个酗酒者的客厅，还有一个寡妇的客厅，最后还睡过九平方米的看守所地板。太过分了，他要去广场酒店睡觉。

◆◆◆

迪帕克很不安，到了晚上九点，桑吉还没有来。他打电话给拉莉，她一整天都没有她侄子的消息。迪帕克在想办法如何走出这个困境。

在深思熟虑了一番之后，他在库房里转了一圈，然后在电梯门口挂了一个牌子，他以前从没挂过。

## 故障中

然后他回了家。

# 22

桑吉洗了个热水澡，在床上吃晚餐，在套房里的大屏幕上看电影，在有三个枕头的最大号的床上呼呼大睡。酒店里度过的舒坦一夜让他改变了想法。沃尔瓦德是山姆请来的律师，桑吉在跟他谈过话后平静了下来。这场珠宝盗窃事件没有涉及暴力，沃尔瓦德怀疑警方没有提取现场指纹，既没有证据也没有动机，他觉得法官不会同意起诉桑吉。当然也不能过于乐观，但他还是向桑吉保证没有丝毫理由需要担心。

然而，桑吉还是觉得自己有罪。因为前一晚没有去换址，没有事先通知迪帕克，而且还得到了律师的帮助，如果他是真正的电梯服务员，他可没钱请律师。他准备一大早去跟他的姑父赔礼道歉。想到这一点，他马上喝完手里的茶，冲了凉，穿上衣服，迅速结账，询问迪帕克是否还愿意接待他。在前往第五大道十二号楼时，桑吉比以往更加揪心。一开始不过是场游戏，现在慢慢变成了一场骗局。今天早上的另一个决定，就是要结束这些谎言。他得跟克洛艾开诚布公。

◆◆◆

迪帕克在他的侄子走进大堂时扶起了眼镜。

"你跟你姑母说了吗?"他用冷漠的口气询问。

"说什么?"

"说你还活着,她一整晚没合眼,给城里的每个医院打电话。"

"很抱歉,我已经没有晚上不回家需要通知父母的习惯了。"

"真是太无礼了!我想知道你为什么不打电话?真是太羞耻了!因为你,我还被迫撒谎。"

"我做不到,因为我一整晚……都在警察局。"

迪帕克从头到脚打量了桑吉一番。

"现在的监狱都是四星级吗?"

"我去山姆家换了衣服。"

"我不知道这个山姆是谁。"迪帕克叹了口气,"这个警官把你关起来时,你说了什么?"

"什么都没说,但是之前提醒我慎言的那个人居然跟警官说,在我开始工作之前,这栋大楼从没发生过盗窃事件。"

"我不是这样说的。"

"但这是从警官嘴巴里说出来的。"

迪帕克皱着眉头。

"这个故事太奇怪了,小偷不是从屋顶下来的,他是怎么钻进来和走出去的呢？你和我居然没有察觉？”

“我也不知道。”桑吉回答，“好吧，我昨天跟你解释了……”

“这是你道歉的方式吗？”迪帕克把手放进口袋里，“有人在叫我，等一下，我一会儿回来。”

过了几分钟迪帕克回来了，还有克洛艾。他打开大堂的门，吃惊地发现她在大堂里停下来，在他的侄子面前一动不动。桑吉也看着她，一言不发。

“很不错啊，这身衣服。”她离开了大堂。

迪帕克送她来到人行道上，但她拒绝叫出租车，她想呼吸点新鲜空气，然后坐地铁去录音室。

迪帕克回到大堂，桑吉冲了上来。

“你怎么回事？”

“她往哪个方向走了？”

“我的三个原则，你需要我再次提醒你吗？”

“左边还是右边？”桑吉抓住了他姑父的肩膀。

“好吧，反正不是右边。”迪帕克掸了掸自己的肩膀。

桑吉朝九号大街跑去，勉强赶上了一个绿灯，危险地转了弯，冲向了第六大道。

“等一下。”他气喘吁吁。

克洛艾正准备走人行横道，她转过身。桑吉抓住她，站在她的轮椅前。

"我很抱歉，在大堂里一言不发，但是迪帕克在那里……"

"我昨晚等了一晚。"克洛艾打断了他，"你搞得我要迟到了，走开！"

"你先告诉我，我做了什么让你生气。"

"我看起来是在生气吗？"

"说实话吗？是的。"

"我没有什么要求，也没有提议。但是你……这对你来说是个游戏还是赌局？去诱惑一个坐轮椅的女孩儿吗？你完全有权利改变主意，但至少你可以有点绅士风度地回复我。"

"昨天人们指责我做了很多坏事。但这件事我没做。"

"我在柜台上留的信，你没看到吗？"

"你什么时候放的？"

"昨晚，你到的时候就能看到。我给了迪帕克，他是个值得托付的人。所以不要瞎掰了。"

"我可能真的没法儿看，因为我一个晚上都在监狱里。"

"真是太精彩了！我每次见你都惊喜不断。你撞翻了一位妇女吗？"

"太好笑了！我以为你知道项链的事情，我是头号犯罪嫌疑人。"

"告诉我你是无辜的！"

"我当然是，你的信说了什么？"

"你还是别知道了。现在让我离开，我真的要迟到了。"

桑吉拦下一辆出租车，把克洛艾从轮椅上抱起来，放进车里，然后坐在她身边。

"二十八号大街和第七大道的交叉处。"他对司机说。

他们十分钟后就到了。桑吉一直把克洛艾送到了录音室所在的大楼门口。

"那封信到底说了什么？"桑吉坚持问道。

"我同意了。"她推开了大楼的门。

"同意什么？"

"关于你那个世界末日的理论。你还有二十四小时找到弥补的方法。明天下午五点半来接我。"

"今晚为什么不行？"

"因为我有约了。"

◆◆◆

一段爱情故事的开始总是非常纠结。恋人们处于恐慌中，犹豫着要不要告诉对方自己的思念之情。什么都想给对方，但是又不愿前进一步。恋人们对幸福精打细算，想存起来，慢慢享用。刚刚诞生的爱情既疯狂又脆弱。

◆◆◆

桑吉迟到了很久，但心情坦然。山姆已经习惯了他的孟买时差。桑吉看见他枕着脑袋在接待处，心里咯噔一下。他本来以为扑面而来的是指责，结果山姆并没有责骂他。他看起来心情不错，没有唠叨。在电梯里，他询问桑吉是否愿意按按钮。

"你太棒了！"山姆感叹。

"你真有趣。"桑吉回答。

◆◆◆

在一天快要结束的时候，桑吉去接替他的姑父。交接过程是一段短暂的寒暄，迪帕克出发去看望里韦拉先生。

在医院里，他犹豫着要不要告诉他项链的事情，但是迪帕克不会撒谎，在他的同事坚持不懈地询问他到底在心烦什么事的时候，迪帕克说出了一切。

"我都不知道她有这么贵重的珠宝。我敢肯定如果这个不是她丈夫送给她的礼物，她一定早就卖掉了。她也不是富婆。"里韦拉解释道。

"我不知道，我不干涉他们的生活。"迪帕克心不在焉。

"你在想什么？"

"一个人怎么可以从我们的眼皮底下溜进去？我们向来是很敬业的。"

"并不总是。"里韦拉叹气。

"拜托！这不关我侄子的事。"

"我不是这个意思。"

"你也不要在心里盘问。"

"那到底是谁？"

"我们两个人中哪个是侦探小说专家？你来找罪犯吧！"

"让我们想想办法。"里韦拉故作深沉，"动机很明显，是金钱。现在好好想想小偷是怎么进去的……"

他坐在床上，陷入了沉思。迪帕克在椅子上睡着了。一小时后，他听到他同事的大叫声，跳了起来。

"是内鬼！"

"你在说什么？"

"好好想想吧，老兄。如果警察在监控上看到了犯罪嫌疑人，他们早就带着照片让你来认领了。所以小偷既没有进去也没有出去，那么只有一个说法，那就是他在大楼里！既然你为你的侄子担保，那么肯定就是……"

"肯定是什么？"

"没什么，忘记我刚才说的，我今晚吃了太多镇静剂。"

"你在说什么？从我进来到现在，你才吃了一颗药。"

"不过，我累了，你也是。"

迪帕克明白了他的意思，他拿起风衣，然后一脸迷惑地离开了。

他回到家看见拉莉的状态，心情更糟了。他的夫人坐在厨房的餐桌旁，餐具没有摆好，她什么都没准备。

"他们把我的侄子送进了监狱。"她眼泪汪汪。

"只是警方的拘留而已，亲爱的。"迪帕克跪在她身旁。

他紧紧抱住拉莉，用尽全力安慰她。

"他们这样做是为了吓唬他。"他补充说，"他们希望拿到他的证词，但是桑吉是无辜的，所以他没有松口。"

"很明显他是无辜的。这个国家对我们这样的移民来说是应许之地。我们做牛做马，出于责任和恩情，看看他们对我们所做的，他们眼中的外国人就是犯人。如果美国现在是这个样子，那我更想回印度了。"

"好了，拉莉，冷静一下，不会一直这样的。"

"如果像我侄子那么正直的人都会被警察逮捕，那么我们身上会发生什么事？"

"我想提醒你，你跟他才认识几天。"

"我的血液流淌在他的血管里，如果我说他是正直的人，你就不要质疑我的话。"

"你想让我旧事重提，谈谈你们家族之前对我们做出的种种行径吗？"

拉莉推开椅子，走出了厨房。

"今晚真不适合讲道理。"她大叫一声，走进卧室，把门带上了。

迪帕克耸了耸肩，打开冰箱的门，拿出前一晚剩下的饭菜，一个人在厨房里吃冰冷的秋葵。

那一晚，他无法合眼。满脑子都是阴暗的想法。也许拉莉说得对。为了结案，警察不需要找出真正的罪犯，而是指定一个。桑吉就是最好的人选。

# 第四部分
## 温暖的回报

---

有一天你问我，我们之间的距离是一个海洋那么宽，
还是八层楼那么高。其实我们之间的距离比你想象的还要远，
正好是四十厘米。

## 23

城里刮起了暴风雨。早上的高峰期因此陷入了混乱。迪帕克的大堂就像是挪亚方舟，所有的住客都被困在那里。

迪帕克的雨伞在暴风雨中摇摇晃晃。他举起伞，想伸手去拦出租车。雨水淋湿了他的后颈，钻进了他的罩袍，打湿了衬衣，他的制服完全失去了光彩。一辆小卡车给他的裤脚溅上了一片水花。迪帕克憋了一肚子气。当警车停在他面前时，他没法儿冷静了。

"怀念雨季吗？"警官摇下车窗打趣道，"我把录像带还给你。"他递过来一个包裹，"注意了，这不是密封的。无论如何，我们在里面什么都没找到。"

迪帕克盯着他。

"关于你的案子我有新线索。"

警官马上把车停在双线内，然后跟着迪帕克走进了大堂。泽尔多夫夫人、克莱尔夫人、威廉斯夫妇、科林斯夫人还有布龙斯坦教授都在，有些人盯着玻璃大门外的暴雨看，有些人在手机上打字，紧张且不耐烦。

迪帕克站在柜台前，清了清嗓子，试图引起大家的注意。

"是我偷了项链。"

突然，大家的注意点转移了，没人再关心下雨的事了。

"你在瞎说什么？"教授担心地问道，"迪帕克，不是你，这没有意义。"

"最后我说什么来着，让他说！"威廉斯夫人喊道。

迪帕克把包里的东西抖出来，然后解释了他为何犯罪。当人们想用机器代替他的工作时，他感到既失望又愤怒，后来人们指责他恶意破坏设备时，他更是觉得屈辱。这些年来他兢兢业业，这些业主居然视他如尘埃，对他漠不关心，为什么还要继续为他们服务呢？项链被偷不会毁掉科林斯夫人的生活，她还有保险。但是有什么可以担保他夫人未来的生活？一年的工资吗？

"我应该表现出愧疚。"他继续说，"或者说痛苦，但我什么都没体会到。再说了，我很高兴把剩下的零钱还给你们，这也就是你们这些年给我的而已。"

迪帕克脱下帽子和罩衣，然后笔挺地站在柜台前，向警官伸出双手。

皮尔盖从口袋里拿出一副手铐，但拒绝递给他。

"我想这样就够了，你到了警察局再戴上吧。"他抓住了迪帕克的胳膊。

住客们看着电梯服务员钻进了警车的后面，一股脑地冲到遮雨棚下，看着警车消失在华盛顿广场公园的拱门下。

当他们回到大堂时，威廉斯夫人看起来糟透了。

"不要告诉我现在白天也得走楼梯啊！"

布龙斯坦教授的手机响起来了。

"如果迟到了，我会被开除的。不管下不下雨，我坐地铁去！爸爸，拜托了，让迪帕克上来接我。"

教授挂了电话，找不到任何办法帮助他的女儿，他向邻居们求助。

"如果这栋大楼的人还有点良心，我需要志愿者帮助克洛艾。"

科林斯夫人第一个回应。

"刚刚那堆破事还不够吗？"她大喊，"走啊，上楼啊！"

这些话让大家动了起来。就连威廉斯夫妇都加入了志愿者大军。

很快，克洛艾就听到了厨房门后的一阵喧哗声。


每个人都有话要说。下楼梯的过程乱成一团。一场名副其实的混战！布龙斯坦教授一口气把克洛艾抱到五楼，然后是泽尔多夫先生接手。克莱尔夫人跟威廉斯夫人一起搬运轮椅，但是威廉斯夫人把手指夹在了轮子的辐条里，科林斯夫人说她毫无用处。泽尔多夫夫人接了她的班，嘴角笑开了花。莫里森先生被吵醒了，他穿着内衣出现在门口，提了一个大家都不想回答的问题："迪帕克到底怎么了？"

威廉斯夫人内心想尖叫，她的猜疑变成了事实，迪帕克认罪了。

克洛艾等到了二楼才开始表达愤怒之情。

"这辈子都不可能。"她大声喊道，"你们怎么可以让他做出这种事情？你们不觉得羞耻吗？"

到了一楼，威廉斯先生把克洛艾放在了轮椅上。大堂里一片沉寂。

"她说得对。"科林斯夫人说道，"我们应该感到羞耻。我们之中有哪个人能相信迪帕克是小偷呢？他被我们伤害了，出于骄傲才去认罪。"

"或者是为了保护他的侄子。"威廉斯夫人插嘴。

但是向她投射来的目光让她放弃了继续辩驳的欲望。

"好吧，"克洛艾继续说，"既然我们都同意了，就得把他救出来。今晚六点大家来我家商量！谁去通知一下戈鲁拉先生，如果不是他，这一堆破事就不会发生！还有你，莫里森先生，拜托你穿条裤子！"

没人敢质疑克洛艾，第一辆出租车终于来了。

◆◆◆

中午，桑吉的手机收到了一条信息，这让他的整个下午都泡汤了。

今晚没法儿见你。明天见。亲吻你。

克洛艾


桑吉晚上七点来到了第五大道十二号楼，这是他第一次提前到。

248

没看见姑父的身影，他不免有些担心。看到电梯停在一楼，大楼的门也没有锁上，他就更加担心了。他马上冲到了地下室，检查了一遍仓库，不停地呼喊迪帕克，然后迅速爬到了九楼。

布龙斯坦先生打开了门。

"我的姑父跟你在一起吗？"桑吉气喘吁吁地问道。

"等一会儿，最好还是她来给你解释一下。"教授回答。

克洛艾出现在了走廊里。

她简要说明了今天早上发生的事情。在桑吉还没反应过来之前，她向他保证没人怀疑迪帕克，也没有任何原因迫使他做出认罪的行为。为了解救迪帕克，他们制订了一个计划。

"他要在看守所里过夜？你们要明白他永远不会好起来了！"

克洛艾握住了桑吉的手。

"不要觉得我说的话很傲慢，但是我比你更了解他，我跟他认识的时间更长。迪帕克这么做是为了表达他的愤怒。就在你来之前，我们通知了警察说我们已经找到了犯人，迪帕克是无辜的。"

"这个浑蛋是谁？我要扭断他的脖子。"

"这个事情比较复杂。"

"我要通知我姑母。如果她老公不回家，她会发疯的。"

"我已经通知过她了。刚刚打了电话，她在去警察局的路上。"

泽尔多夫夫人把脑袋伸进来打探。

"我好像听到了你们的声音。你来得正好，我准备出门。你可以把我送到三楼吗？"

桑吉看了她一眼，没理她，径直走到门口。

克洛艾跟在他身后。

"没事吧？"

"他们不值得！"

"他们今天意识到了这一点。在一切恢复正常后，我会很乐意跟你吃晚餐的。"

桑吉笑着离开了。

◆◆◆

拉莉在警察局门口的长椅上坐着。分局的警察重复说了十遍，说她没有权利待在那里。但是她回复说干脆把她抓到牢房吧，这样她就可以跟她老公在一起了，于是警察放弃了。无论如何，如果她想在这里过夜，这对他们来说并不重要。

桑吉坐在她身边，把她拥入怀中。

"他们明天会放他出来的，我向你保证。"

"你现在是警察吗？"

"我在大堂里找不到他，很担心，于是我上楼去找克洛艾，她给我讲了事情的经过。"

"你不再叫她'克洛艾小姐'了吗？"

"住客们在她家开了会,他们有个计划,我不知道是什么,但是他们看起来比较靠谱。"

"别跟我提这帮人!"拉莉低声抱怨道。

"你把行李带过来了?"桑吉看见她的脚下有个行李箱。

"他的物品,还有我的物品,我们所有的积蓄,为了支付保释金。我甚至拿了护照。"

"你拿护照干什么?"

"离开这里!等他一出来,我就要回印度。我之前跟他说过,在抓了你之后,他们会怪罪到我们头上。"

"他们没有怪罪到任何人头上,是迪帕克自己要认罪的。但是他的证词不可信。我陪你回家吧,这个地方不是……"

"对我这个年纪的女人,你就直说吧,好吗?"

"是对我的姑母。"

拉莉把双手放在她侄子的脸颊上,抱紧了他。

"我从来没有一个人睡过觉,你明白吗?"

桑吉陪姑母在长椅上过了一夜。

清晨,分局的警察来到热饮机前,朝机器下面踢了一脚,从里面掉出来一个纸杯,然后他重复那个动作,最后拿到了两杯咖啡。

七点,皮尔盖警官走进了警察局,在桑吉面前停下来,跟拉莉打了声招呼,然后消失在办公室里。

九点，他让桑吉和拉莉两个人来到一个小房间，桑吉对这里有着不好的回忆，他让他们两个耐心地等一下。

门一会儿就打开了，迪帕克拥抱了他的太太。

"夫人，请回家吧。"皮尔盖警官命令道。

"我不回，除非你们放了我丈夫。"拉莉很坚持。

"你的丈夫自由了，但是我们还有事情要做。"

"求你了，桑吉，送你姑母回家吧。我晚点去找你们。"迪帕克坚持。

桑吉一手拿着箱子，一手拉着拉莉的胳膊，后者只得服从。

◆◆◆

警车停在了第五大道十二号楼的前面。

"你确定他们都在吗？"警官在下车前问道。

"周六上午，这是毫无疑问的。"

"那去找他们吧，我没别的事可做。"

但是迪帕克再也不愿意听从命令。他来到地下室，给自己梳洗一番，发现他的制服被烫好了挂在衣柜里。

他穿上制服，准备去每层楼按门铃。

# 24

大堂变成了临时会议厅。没人缺席，连莫里森先生也到了，他平时在这个时间点是不会出现的，大家都吃惊地看着他。

"谁可以告诉我，周六早上被警察传唤是怎么回事？"克莱尔先生抗议道。

"你们更想去警察局吗？"

一阵窃窃私语，没人敢正面回答这个问题。

"我这辈子办过很多案子，有时候几个月都找不到一个犯罪嫌疑人，但这次我有九个犯罪嫌疑人！如果我相信了今天早上大家的证词，那么这里的所有人都有可能偷了这条项链。你们可真是人才啊！泽尔多夫夫人是第一个犯罪嫌疑人，我问她是如何办到的，她回答说她来找科林斯夫人，是为了讲述一桩离奇的盗窃案。然后我接到了莫里森先生的电话，他说自己可能喝多了，搞错了楼层，把项链和他的领带搞混了。克莱尔夫人也给我打了电话，说她准备好去坐牢，但条件是允许她不说出犯罪的原因。这位夫人真是缺少想象力啊！布龙斯坦先生是因为金钱才这样做的，到了月底手头就比较紧。威廉斯夫人是出于嫉妒，她的丈夫从没有给她买过这么贵的珠宝。我敢肯定你们中没有一个人可以拿出赃物——被偷的项链，我很想知道你们是把我当成蠢货吗？"

大家目光交错，没法儿厘清头绪。

"迪帕克是无辜的。"布龙斯坦先生宣称，"但既然他指控自己，我们就别无选择，只能阻碍调查。你是否相信我们的证词并不会改变什么，有这么多证词，你就不能再给他定罪。"

"我可以指控你们，罪名是扰乱公务、伪造证词、窝藏共犯……"

"是我说服了大家，我是唯一有罪的。"教授回复。

"不对！"克洛艾反对，"是我的主意，我准备好承担所有责任。"

"这真是一个不负责任的愚蠢的主意，我提醒过你们的！"威廉斯先生用不屑的口气说道，"我承认我有软弱的时刻，我的夫人对什么事都喜欢抱怨，如果没了电梯，想象一下我晚上该怎么办。"

"你还在纠结是他的侄子干的。"威廉斯夫人试图挽回面子。

"你真是一个无耻的小人，尖酸刻薄、性格恶毒，而且控制欲强。"泽尔多夫夫人突然开口说道。大家大吃一惊。

"我不准你这样对我的夫人说话！"

"我只是说出大家心里的想法，不需要你的允许。"她继续说，似乎无法停下来，"你们两个真是完美的一对。一个是种族歧视者，一个是专门散播仇恨的专栏作家。两条毒蛇。"

所有人都目瞪口呆。

"迪帕克的侄子不是小偷!"戈鲁拉先生插嘴。

"你怎么知道?"警官询问道。

"你们真的以为我会不做调查随便雇用人?你们以为我是谁?我也进行了调查,特别是在电梯故障事件中大家指责我不作为之后。"

"什么事件?"

"跟今天没关系。我们另外采购了一台自动电梯。重要的是我的发现。威廉斯夫人控诉的这个年轻人完全没有任何理由去偷科林斯夫人的项链!"

"偷?"威廉斯夫人很激动,"这条项链值五十万美元啊!"

"是的,但是迪帕克的侄子身家更高。我们所有人的资产加起来都没有他的多。我知道自己在说什么,我有你们的收入证明。为什么这么有钱的一个人来到这里工作,我还真不知道,但是他的确帮大家解决了大难题……"

威廉斯夫妇、克莱尔夫妇、科林斯夫人、莫里森先生、泽尔多夫夫妇,还有皮尔盖警官一句话都说不出来。大家转过身朝柜台看去,迪帕克早就溜了。

◆◆◆

警官在临走前说他还要找他们算账。威廉斯先生询问是否要把克洛艾送到九楼，教授转过身，发现他的女儿也不见了。

"真是时候！"莫里森先生感慨说，"我要去睡觉了，谁都别叫醒我，除非天上下威士忌雨！"

◆◆◆

桑吉的手机响了，屏幕上出现了一条信息。

你在哪儿？

我在睡觉。

别睡了。我要跟你说话。

为什么不打给我？

我想见你！来茶室找我。

我们之前是说吃晚餐！

我可以去西班牙哈勒姆区找你。

自从迪帕克回来后，我就不住在那里了。

那你在哪儿？

广场酒店。

你在广场酒店做什么？

我需要补觉。

哪一个房间？

722。

◆◆◆

　　科林斯夫人敲了敲里韦拉先生病房的门。她走进去，坐在床边。里韦拉把书放在床头柜上，抚摩她的脸颊。

　　"医生对你说我只剩下几个小时可以活，所以你摆出这样一副凄惨的面孔？"

　　"我不是你太太，医生什么都没跟我说。"

　　里韦拉悲伤地看着科林斯夫人。

　　"是你，对吧？"

　　"是的，这一次不是护士。"

　　"为什么？"

　　"因为这一切都是我的错。我们在一起的时候你太太却孤身一人，你出事后，无法支付照顾她的费用。我觉得很愧疚。"

　　"在我最需要温柔的时候，是你让我重拾对生命的渴求。我已经七十一岁了，你认为我在这个年纪，还不知道自己能做什么吗？我的太太忘记了我的存在，每一次我去看她，她都把我当成画家或者是下水道修理工，她心情好的时候会把我看成是她的医生。没有你的话，我无法坚持下去。我要告诉你一个大秘密。我在第一天走进这栋大楼时就爱上你了。你知道有多少个晚上，我下到大堂，怨恨自己怎么不是那个住在六楼的男人。当你成为寡妇后，我等了好久才敢……"

　　"那是三月二十一日。"她打断了他，"你对我说：'科林斯夫人，您看起来真是太美了。'我刚刚过完六十五岁生日。你要知道有多少个晚上，我多么希望是你从办公室回来对我说："晚上好，亲爱的。'生活的惊喜会迟到，但不会缺席，不是吗？我实在是太懦弱了，在他们逮捕了那个年轻人之后，我整个人都吓傻了，我没法儿回应。但在迪帕克认罪之后，我变得勇敢起来，本来决定向警方说出一切。但是我的邻居们争先去认罪，然后我觉得这些疯狂的行为也许可以解决这件事情。警官还没有下结论。我造成了如此大的混乱。我是来跟你说再见的，我要去警察局自首了。"

"你知道迪帕克那天晚上跟我说了什么吗？如果一部侦探小说最后没有抓住犯人就结束的话，那才是原创。当时，我回复他说这是很愚蠢的，现在看来他说得对。其实并不愚蠢。"

◆◆◆

桑吉在广场酒店前的空地上等克洛艾。

"你不住在西班牙哈勒姆区？"

"不完全是，迪帕克被警察局释放后，我就陪拉莉回家了。迪帕克打电话说他要回家，我就离开了，让他们俩单独相处。"

克洛艾抬起头看着广场酒店奢华的外观。

"你为什么要假装电梯服务员？"

"为了晚上能留在你身边，而不会打扰到你。而且你如此坚信人们只看见你的轮椅，我也有理由害怕。"

"怕什么？"

"我没有假装任何事情，是你不相信我。"

"你害怕我评价你？"

"我害怕像你这样的女人不会爱上我这样的男人。"

"你是怎样的男人？"

"来自世界另一端的外国人，一个总是迟到的男人，特别是在恋爱中，他在遇见你之前从没有过这么强烈的感觉。"

"什么样的感觉？"

"你等会儿准备怎么回公寓呢？你希望我送你回去吗？我可以至少再假装一次电梯服务员吗？"

"我一点都不想回家。"

住在宫殿的那一天

桑吉把我拥入怀中，亲吻了我。他睡在我旁边，帮我脱了衣服。这是我第一次感觉到他的欲望。他的嘴唇吻过我的皮肤、我的乳房、我的肚子，他的力量和温柔如此神奇，他亲吻了我的下面，然后我们做了爱。

我们在房间里一直待到第二天早上。我给父亲打电话，借口说在迪帕克回来之前，我住在一个朋友家。他没有提问，这样更好，我不能对他撒谎。

◆◆◆

我们在床上吃了早餐。套房的浴室非常大，我们在里面一起洗澡。

我没有换洗衣服，桑吉想帮我解决这个问题。一个不修边幅的男人居然还如此有品位，这很奇怪。我们在麦迪逊大道散步，他给我选了一条短裙、一条长裙、一件上衣，甚至还有一套内衣，我任他帮我选。

我经常嘲笑电影里的场景，年轻的恋人们为爱疯狂，实在太不理智，就像《风月俏佳人》里的朱莉娅·罗伯茨。中央公园的溜冰场还是超出了我的能力范围，所以我们在湖边散步。我无法阻止桑吉的热情，他坚持要喂天鹅。只要看见了一只，他就把手伸出去。腿伸直、肌肉绷紧、手往后滑，这让我实在无法不笑出声。船在水面上行驶，好像我们正在参加划船比赛一样。我们在草坪上吃完了午餐——没有面包的三明治，因为面包都让天鹅给吃光了。我们在毯子下紧拥着对方，天气太好了，春日的阳光洒在身上暖洋洋的。

我们来到蒂芙尼家的蓝色盒子咖啡馆喝茶。在这间独特的蓝色厅室内，我一直想穿一条细肩带的小黑裙，戴上一顶遮阳帽，哼唱小曲。有一瞬间我以为自己是奥黛丽·赫本，虽然我不会用桑吉去换乔治·佩帕德。

桑吉非常想在帝国大厦顶端俯瞰整个纽约。我们离得并不远，而且有我在还不需要排队。像我这样的情况有时候也能带来不少生活上的便利。

我们又去了南海湾，坐上一艘快艇去欣赏日落。在哈得孙河上，可以欣赏曼哈顿区现代化的建筑杰作。经过布鲁克林大桥时，桑吉差点扭到脖子。接近自由女神像时，他看起来就像个孩子一样激动。他向我保证，有一天要带我去发现孟买的奇迹。我低下头，什么都没说。我不想去想明天。

我们在米米餐厅吃晚餐，那是 SOHO 区的一家法国餐厅。那里的菜实在是太棒了。我坚持买单,桑吉说这有违他的原则。但他还是接受了,他不想看起来太老派。

午夜时分,我们回到了广场酒店。桑吉说他明天就要开始继续上班。我不能因为一台电梯就被锁在自己的房间里。父亲要出发去得克萨斯州开会,我建议他来我家,当然是在其他的住客都入睡之后。

我们互相拥抱,直到困意袭来。我明白跟失去的双腿相比,我更需要的是温柔。

# 25

周一上午，一切似乎恢复了平静。六点十五分，迪帕克从员工门走进第五大道十二号楼。他穿上制服，梳好头发，在小储藏室门口挂着的小镜子前调整了一下帽子。然后，他来到一楼擦洗电梯厢。首先用一块柔软的抹布将木地板擦干净，然后给木地板打蜡，接下来换一块抹布擦拭铜质的手柄。

三十九年来，高峰期总是无声地到来。每一次旅程都可以听到马达的轰隆声，还有闸门的咯吱声，尽管他已经上过油了。

这个周一与平时不同，迪帕克下定了决心，准备主动出击。

他在将近十点时按响了戈鲁拉先生办公室的门铃，递交了他的辞呈。

"我会一直留到自动电梯安装完毕为止。"他说话的时候没有一丝情感。

会计迅速浏览了一下迪帕克刚刚上交的信件。

"你的里程呢？"他问道。

"你知道这个？"

"所有人都知道。"

"是我的妻子给我的生活赋予了意义，其他的不过是虚荣心而已。"迪帕克回答，"我就要求一件事情，不要让他们组织什么告别酒会，我不喜欢。"

克洛艾十点后出现在大堂，穿着一条他从没见过的漂亮裙子。迪帕克赞美了她，告诉她可能六周后他就会辞职。这一次，他牵起了她的手。

"我们保留了最美好的回忆，小姐，你为我做了很多。我永远不会忘记你所做的一切。"

看到她眼泪汪汪，迪帕克就没继续说下去了。

◆◆◆

桑吉把他的决定告诉了山姆，山姆没有打断他。

"你说完了吗？"他问道。

"我想都解释清楚了。"

"自从那天你让我吃那个坏掉的汉堡开始，有个小问题就一直困扰着我。你不是在吸毒吧？"

"这不是开玩笑。"

"令人不解的是，你把我派到印度去管理你的公司，而你留在美国管理分公司。"

"这样做是有原因的。这里的一切都还有待开发，而那里……"

"换句话说，我做你的老板？"

"换句话说，是的。"

"真是太棒了！我的印地语说得很熟练，管理一个超过一百人的公司对我来说是件再容易不过的事情。我已经可以想象开会的情景了。"

"孟买的每个人都会双语。"

"是的，那些人听得懂你的英语。你遇到的那个女孩儿应该跟你的决定没关系吧。"

"她占了很大的分量，还有拉莉。"

"和你的姑母有什么关系？"

"这事说来话长。那么，你同意吗？"

"我作为老板第一个任务就是让你去散步，让我安静会儿，不。"他嘀咕着，拿出一张写满地址的纸，"去看看这些办公室，它们都可以出租，我觉得租金也合适。我需要思考一下。出发之前，记得跟莫基莫托先生签合同。杰拉尔德会把合同拿给你看。"

"杰拉尔德？"

"我未来的助理。他的办公室在走廊尽头。你不会错过的。"

山姆站在窗边，看着桑吉上了出租车。他派他去新泽西州的宜家，他的朋友还没有意识到他这样做的真正意图。

◆◆◆

上午十一点，山姆走进了第五大道十二号楼，他想上九楼。

"你约好了吗？"迪帕克不安地问道。

"我是桑吉的朋友。"山姆回答。

◆◆◆

在从新泽西州回来的路上，桑吉很生气地给山姆留了一条留言。如果他连纽约郊区的地址都会搞错，那么他去到孟买会有大麻烦！尽管交通繁忙，他还是准时赴约见到了他的律师沃尔瓦德。

◆◆◆

晚上七点，桑吉准备去接替他的姑父，并告诉他这个决定。

"再也没有任何事情约束你这样去做，你随便在哪个晚上都可以停下来。我比较希望住客们能够提前四十八小时收到通知。我不知道该怎样感谢你为我们所做的一切。尤其是为我个人。我不知道哪天可以归还你这份人情。"

"我知道怎样做。"桑吉回复，"我知道有个人可以传授给我他那尤敌的板球技巧。"

"你是认真的吗？"

"我知道我的要求比较多，但没有试过的人什么都得不到。"

"周日，下午两点半，公园草坪见，带上一套运动服，否则没戏，明白了吗？"

"拉莉知道你辞职了吗？"

"她早就知道我会做这个决定。"

"楠达德维峰的目标呢？"

"我是这样想的，这些年让这个目标有了特殊的意义。不要对拉莉说，我向她发过誓不要做一个完全的成年人。"

迪帕克拍了拍桑吉的肩膀，虽然很想拥抱他，但还是克制住了。

迪帕克离开了大楼，来到了医院。

◆◆◆

"你做了你应该做的。"里韦拉先生说。

"你这样说是因为我没有给你别的选择。我本应该提前问问你，但是也改变不了事实。"

"你这么顽固的人，我早就猜到了。你看我也缓了一口气。昨晚，我也想过退休，现在有办法请人照顾我妻子，我可以这样做了。"

"如果有人可以照顾她的话，为什么不呢？"迪帕克拿起脚边的报纸读起来。

他的态度激怒了里韦拉。里韦拉坐直了，从他手里夺走了报纸。

"你不问我哪儿来的钱？"

迪帕克看着手表，露出了一个意味深长的笑容。

"我还以为你能坚持五分钟。我把这个归因于药物。"

"我有个秘密要告诉你，但只能我们俩知道，可以吗？"

"这是秘密原则，不是吗？"

"我好像跟你说过这是内部人员做的……"

"你的秘密就是这个？"迪帕克叹了口气，打断了他。

"你让我说完！项链没有被偷，是保险欺诈。她为了我冒这个险，我想报答她。"

"感谢你对我的信任，但我很早以前就猜到了。"

"说得好像我信你似的。"里韦拉嘲讽地说，"你真够骄傲的！"

"有一句印度谚语是这样说的：'偷鸡蛋的人迟早会偷鸡。'你想知道另一个秘密吗？你的情妇破坏了电梯设备，克洛艾小姐是她的帮手，我帮她们善后。"

迪帕克看着他同事目瞪口呆的模样，从床脚处拿起了报纸，站了起来。

"我拿着坐地铁时读。你继续看你的侦探小说吧，我回家找我老婆去了。"

◆◆◆

桑吉一直等到午夜，才锁上大楼的大门。几分钟之前，他刚刚护送莫里森先生回家，因为莫里森先生想在电梯里聊天，所以桑吉在他耳朵边吼了几句，生怕他突然倒下。

他来到九楼，按响了克洛艾家的门铃，按了三下，但门还是关着的。他很失落，以为自己太晚了，她肯定睡了。但是她没有给他发短信，于是他在大堂里过了一夜。

◆◆◆

等迪帕克早上来了，桑吉马上跑去第一个约会地点。离开大楼时，他抬起头看了一眼九楼的窗户，希望能看到他朝思暮想的女孩儿的身影。

沃尔瓦德在办公室附近的咖啡厅里坐着等他，带来了他期待的好消息。

"你的伯父们很快就回复了我发的邮件。他们非常害怕你出现在孟买皇家酒店的董事会上，他们提议给你5%的份额，还决定资助你在美国的计划。"

"告诉他们我拒绝。"桑吉回答。

"你不考虑一下？"

"没必要，他们想要开战，我奉陪到底。他们害怕的是我在印度发起遗产继承手续。几个月后，我的姑母就会取回她应得的份额，我们一起组成的部分就可以对抗这群老浑蛋。"

桑吉感谢了律师，然后朝第二个地方跑去，这次的约会地点是西班牙哈勒姆区。

他第三场约会的对象是SOHO区的房地产中介。

桑吉希望租一套可以看见哈得孙河的公寓。

他的最后一个约会地点又回到了第五大道十二号楼。

◆◆◆

"你今天到得也太早了吧。"迪帕克看到他的侄子不免感慨。

"你就是挑刺儿！我不是来见你的，我要去九楼。"

"她不在。"迪帕克回答。

"没事，我等她。"

迪帕克咳嗽了一下，打开了柜台的抽屉。

"克洛艾小姐让我把这个拿给你。"他递给他一封信。

"迟来的总比不来好！她有点晚了，我知道里面是什么。"

"不一定。"迪帕克叹了口气，"她今天早上给我的。"

桑吉抢过信封，跑到了遮雨棚下。


桑吉：

　　在我们两个人之中，我是自私的那个；我从不追问你的过去，你为什么来纽约。我不了解你的童年，也不清楚你走过的路。山姆今天早上来看我了。不要责备他，他做了一个朋友该做的事。你做的决定，这个疯狂的计划对他来说绝对是好事，他是出于良心才会来找我。

　　我们从没谈论过我身上发生的事情，这让我很感动。我不想跟任何人谈，甚至是物理治疗师，我只想着复健。但就在"幸运"的那一天，我在公园里遇见了你，我觉得可以告诉你这一切。是的，从我们第一次见面，我就喜欢上你了。不然我为什么会主动找你搭讪？我做得对，总有一段音乐来标志一段浪漫的邂逅。接下来我就跟你讲述我手表停止转动的那一天。

上千人站在起跑线上。几周前，我还准备飞去佛罗伦萨——但生活就是这么捉弄人。那是个美丽的早上，天空很蓝，微风习习。有些人是为协会而跑，有些人是为家人而跑，我只是想证明自己可以超越自我，超越其他人。这就是马拉松精神。

十四点四十七分，联邦大道，右转来到赫里福德大道，再左转。

十四点四十八分，终于来到了最后一条街——博伊尔斯顿大街。各个国家的国旗在风中飘扬，在栏杆后面，观众们大声为我们呼喊加油，"还有一百米"，"还有五十米"，"你可以的"，"你快到了"，"我们与你同在"……

十四点四十九分，我继续跑，筋疲力尽，就像是快散架的木偶，但我不想在快到终点之前放弃。我来到栏杆旁边调整自己的呼吸，不想挡着我后面的选手，突然——

十四点五十分，一枚炸弹爆炸了，我被抛到了半空中。

一阵刺鼻的烟雾在人行道上飘浮，几秒钟过后，我完全不敢相信脚下的那摊血是从我的身体里流出来的。然后一个男人朝我跑过来，他取下腰带，我不明白他为什么这样做。他说了些什么，我也听不清，因为耳边充斥着一种刺耳的声音。他扶我起来，我看见他在我的膝盖处扎上了那条腰带，他朝某个人大喊，竭尽全力按住我血肉模糊的腿部。血液往外喷射的频率跟我心跳的频率一样。我转过头，看见了被肢解的身体、燃烧的衣服，听到了尖叫声、呻吟声。我想自己可能快死了，我再也没法儿去佛罗伦萨了。然后我把注意力放在其他人身上，不是出于勇气，而是作为一场恐怖事件的证人，我不敢相信眼前的事实，这让我活了下来。人们把我抬到担架上，四面八方跑来很多人，一个女人说我嘴巴发青，流了太多血，一块不透明的帆布盖住了我。我感到窒息，然后昏迷了过去。

奇怪的是，我最深刻的记忆是在医院醒过来之后，看见父母重新在一起，还有我父亲的眼泪。

桑吉，我不愿意放弃这场跑步，也不愿意你放弃你的一切。

不需要多长时间就能明白你的好。有一天你问我，我们之间的距离是一个海洋那么宽，还是八层楼那么高。其实我们之间的距离比你想象的还要远，正好是四十厘米。

我现在要去佛罗伦萨了。当你读到这封信时，我在飞往意大利的路上。我有好多事情想去做。多亏了你，或者说你的错误，我们在广场酒店缠绵的那个晚上，你把我的自由还给了我，给了我翅膀。

很多人因为糟糕的原因错过了彼此，是你让我明白了这一点。

但我们做的正好相反，我们在一起度过了幸福的时光。我都记在心里，我身体里总会有你的一部分。

原谅我写信给你，而不是大声地告诉你，我不擅长告别。

某一天，当我在孟买的街上散步时，我们会呼吸同样的空气，我知道光是这样就会让我幸福。谁知道呢？也许我们会再次在公园里相遇。

无尽的温柔。

克洛艾

◆◆◆

"她是今天早上出发的，提着一个箱子。她让我发誓不能给你打电话。"迪帕克来到了遮雨棚下。

桑吉把信折起来，放进了口袋。

"我是笨蛋。"

"三个原则，我要求你遵守三个原则，很难吗？"

"是的。"桑吉回复。

"在这里等我，我一会儿就回来。"

迪帕克再次回来时，穿着自己的衣服。

"走吧，拉莉在等我们吃晚餐。既然克洛艾小姐晚上不需要电梯，其他人就走楼梯好了。"

桑吉叫了一辆出租车，但迪帕克是个传统的人，他们坐地铁回到了西班牙哈勒姆区。


拉莉摆放了三套餐具，准备了她丈夫最爱吃的菜。

晚餐一开始很安静，但是在他姑母审视的眼神下，桑吉最后还是开口了。

"你才要跟她谈一下，而不是山姆！"拉莉抗议说，"你要告诉她，你想和她在一起。"

"有什么不一样吗？"

"不一样的，笨蛋！你没记住我告诉过你的事情吗？"

"我能知道你跟他讲了什么吗？"迪帕克低声问道。

拉莉当他不存在，然后继续跟她的侄子讲话。

"为什么总是自我牺牲？为什么我们要放弃一切去另一个国家生活？"她生气了。

"拉莉，告诉我发生了什么。"迪帕克插嘴。

"我侄子的命运，难道不是我们的事情吗？我们在他那个年纪的时候，你难道不希望家里有个人站出来支持你吗？"

"佛罗伦萨大吗？"桑吉问道。

拉莉转过身看着她丈夫，神色威严。

"当然不大！"迪帕克惊呼。

"我给你一分钟。"她夺走了他的盘子。

迪帕克生气地擦擦嘴，把餐巾放在桌子上，在三十九年的职业生涯里，他第一次违背了他的三条原则。

"克洛艾小姐去她妈妈家了，在康涅狄格州。当年我建议你姑母忘了我算了，但我又改变了主意，向她提议远走他乡去组建新生活，但是一个老电梯服务员的建议又有什么用呢？不管了，你快走，我要睡觉了！"

# 26

梅里特公园大道的清晨，天微微亮。

当汽车到达格林威治时，车灯照亮了马路，清晨的天空中有一片玫瑰色的光晕。

在长长的道路尽头，银色的松树后有一栋木头房子。

布龙斯坦夫人打开了门，在门廊上观察桑吉。他很抱歉这么早打扰了。她从睡袍里拿出一包烟，问他有没有火，然后打着了打火机。

她吐出一口烟。

"不算早，我们在客厅聊了一整晚，你可以去找她，我待在外面，我女儿不准我在室内吸烟。"

壁炉里点着火。桑吉问克洛艾是否要加块木头。她说她更想让他坐在她身边。

没人知道他们谈论的内容。前布龙斯坦夫人事后出现在铁门前，向她女儿建议去孟买住几周，而不是在沙发上躺着。

两三周的幸福，有什么可损失的呢？

她在睡觉前引用了一句印度的谚语："陷入爱情的乞丐和国王是平等的。"

# 尾声

拉莉和迪帕克离开了西班牙哈勒姆区。拉莉现在在孟买皇家酒店的董事会任职。迪帕克带领了一帮电梯服务员，负责三台手动电梯的维护工作。他来到印度后用了六个月就达成了他的目标，现在他的梦想变成了干城章嘉峰①——海拔八千五百八十六米。

里韦拉先生搬到了第五大道十二号楼的六楼。科林斯夫人希望将他们的关系公开化，她跟泽尔多夫夫人私底下说了这个秘密。

当邻居们在电梯里看见里韦拉时，都恭敬地等着他来按按钮。

至于克洛艾和桑吉——

———————
① 译注：干城章嘉峰位于尼泊尔和印度的边界，是世界第三高峰。

二〇二〇年五月二十四日，孟买

我生下你之后，你的父亲把你的手递给我。

我再一次躺在医院的病床上，这一次，我的生命发生了翻天覆地的变化。

生活总是有高潮和低潮，你的姑爷爷迪帕克每天早上都这样提醒我们。

我学到了一件事情。那就是当人生触及最低谷时，生活会给我们准备一份意外的惊喜——你就是证明。

这篇日志是写给你的。

你的妈妈

PS：四月十三日周一，十四点五十分……为什么，我永远不会明白。但是"波士顿万岁"。

您可以在以下网站搜寻到所有关于马克·李维的消息

*www.marclevy.info*

Une fille comme elle by Marc Levy/Versilio, 2018
Copyright©2018 Marc Levy/Versilio
Published by arrangement with Susanna Lea Associates through Bardon—Chinese Media Agency.
Simplified Chinese translation copyright ©2019 by China South Booky Culture Media co., Ltd.
ALL RIGHTS RESERVED

著作权合同登记号：图字18-2019-142

**图书在版编目（CIP）数据**

我们之间的距离 /（法）马克·李维（Marc Levy）
著；陈潇译 . —— 长沙：湖南文艺出版社，2019.11
ISBN 978-7-5404-9430-8

Ⅰ . ①我… Ⅱ . ①马… ②陈… Ⅲ . ①长篇小说－法国－现代 Ⅳ . ① I565.45

中国版本图书馆 CIP 数据核字（2019）第 202600 号

上架建议：畅销·外国文学

WOMEN ZHIJIAN DE JÙLI
我们之间的距离

作　　者：［法］马克·李维
译　　者：陈　潇
出 版 人：曾赛丰
责任编辑：薛　健　刘诗哲
监　　制：蔡明菲　邢越超
策划编辑：马冬冬
特约编辑：何琪琪
版权支持：辛　艳　张雪珂
营销支持：霍　静　傅婷婷　文刀刀　周　茜
版式设计：潘雪琴
封面设计：利　锐
出　　版：湖南文艺出版社
　　　　　（长沙市雨花区东二环一段508号　邮编：410014）
网　　址：www.hnwy.net
印　　刷：三河市兴博印务有限公司
经　　销：新华书店
开　　本：880mm×1270mm　1/32
字　　数：170千字
印　　张：9
版　　次：2019年11月第1版
印　　次：2019年11月第1次印刷
书　　号：ISBN 978-7-5404-9430-8
定　　价：45.00元